말
꽃　2
집

2023 전원문학회

말꽃 2집

김호길　리영성　구자운　최골잘　최정혜　손국복　양용직

양곡　문차용　정준규　김상출　우재욱　김기원　양동근　류준열

이강제　김진숙　이문섭　김재경　조구호　이영달　강희근

좋은땅

책머리에

　선후배 동문 여러분 평안하신지요.

　2015년 3월에 《말꽃》 1집을 내고 이제사 뵙습니다. 꾸지람은 달게 받겠습니다.

　그동안 작품집을 낸 동문들이 많습니다. 김호길 님의 《그리운 나라》(2017) 《지상의 커피 한 잔》(2021) 《모든 길이 꽃길이었네》(2022)가 그렇고, 리영성 님의 《단심》(2022), 김기원 님의 《"와" 작설차 한 잔》(2020), 박노정 님의 《운주사》(2015), 정준규 님의 《저절로》(2022), 박구경 님의 《국수를 닮은 이야기》(2017) 《외딴 저 집은 둥글다》(2020) 《형평사를 그리다》(2021)가, 그리고 양곡 님의 《덕천강》(2020), 이강제 님의 장편소설 《진주》(2019)가 그러합니다. 《해커》를 보시다시피 우재욱 님은 시, 동화, 소설을 가리지 않으시고, 구자운 님은 《목원시집》을 열 권은 넘게 낸 성싶습니다. 두루 뒷심들이 놀랍습니다.

　이 밖에도 여러 갈래로 이룬 바가 빼어난 동문들이 적잖은데, 제대로 모시지 못했습니다. 박노정, 박구경 님은 이제 보고자 해도 볼 수 없게 되어 안타깝습니다.

　이문섭 간사님, 더운 날 글 모으고 책 엮느라 애 많이 썼습니다.

　콩 꽃이 눈물을 흘려야 콩이 지린다는데, 마침 돌깨바람이 비를 몰아다 주는군요.

8월
전원문학회 최골잘 절

차례

시

김호길 편

리영성 편

구자운 편

수필

소설

우재욱 편

뒷이야기

강희근

시

김호길 편

시적 배경을 이루고 있는 사막은 피상적으로 그 표면만을 훑고 마는 여행의 경험적 대상이 아니라 삶의 근거지로 작용하고 있다는 점에서 그 체험과 정서가 명실상부한 감동의 원천이 되고 있다.

― 황치복 문학평론가 ―

김 호 길

내가 제행명 회장과 처음 조직한 단체라서 감회가 새롭고, 그 후 미주한국문인협회는
해외 최초의 문학 단체였고, 또 세계한인작가연합 또한 범세계 최초의 단체였지만 그
태동은 진주농대에서 조직한 최초의 단체에서 연원이 있었다고 본다. 그 단체가 내가
1학년 마치고 육군보병학교로 입대하여 나랑 소식이 끊어진 지도 오래인데 아직까지
명맥이 사라지지 않고 계속된다니 감회가 새롭다. 책도 더 자주 내고 모임도 더 자주
가져서 경상대를 빛내는 최고의 문학 단체로 발전하기를 소망하고 있다. 최인호 회장
을 비롯해 일하시는 임원들께 박수를 보낸다.

1963년 개천예술제 제1회 시조백일장 장원
1963년 전원문학동인회 《전원》 발간에 참여
1965년 율시조 창립 동인 1967년 시조문학 3회 천료
시집: 《하늘환상곡》, 《절정의 꽃》, 《사막시편》, 《모든 길은 꽃길이었네》 등
수상: 현대시조문학상, 시조시학상, 유심작품상, 팔봉문학상 등

꿈꾸는 나라

어느 먼 하늘 밑에
꿈꾸는 나라 있네

죄가 많아 업이 쌓여
되돌릴 수 없는

꿈에도 잊지 못하는
그런 나라가 있네

어떤 시간

널 기다리는 시간은 만 리가 지척이 되는 시
널 그리워하는 시간은 동과 서가 손잡는 시간
내 속에 찬란한 빛살 무지개로 펼친 시간

산비둘기

꾹꾸꾸 꾸룩꾸룩 꾸룩꾸룩 꾹꾸꾸
긴모리 자진모리 음률을 읊고 있네
꾸루룩 꾸루룩 꾸꾸 내 간장을 다 녹이네

비봉산 위에는

봉황새 날아갔다는 비봉산 위로
봉새 떼 붕붕붕 날아가고 있어요
황금빛 우아한 그 새는 눈감고 보아야 보인답니다

마음으로 보아야 봉새가 보이는데
뜬눈으로 아무리 찾아도 볼 수가 없어요
비봉산 산정 위로 황금빛 봉새 떼 훨훨 날아가는데

사구아로 선인장

백 년쯤인지 몇 백 년인지
기구하는 성자인데
하늘은 무심하게
마냥 열풍을 몰아오고
화안한 꽃송이 활짝
화답을 하고 있네

잎 대신 가시로만
온몸을 두른 것은
무심한 하느님께
대처하는 저항의 몸짓
자존의 드높은 기치
바람결에 날리네

* 사구아로 선인장: 우뚝 키가 높은 키다리 선인장은 Saguaro Cactus라 한다. 물 없는 사막
에서 그렇게 키를 높게 키우려면 아마 몇 백 년은 걸렸을지 싶다.

리영성 편

단시조는 단심(短心), 단심(丹心)입니다.

— 저자의 말 중 일부 —

리 영 성

지난해 가을에 단시조집 《단심》을 찍어 2,300부를 발송을 했다. 시조문학을 위해 내가 할 수 있는 일이라고는 보다 많은 사람에게 시조집을 보내는 것이기 때문이다. 발송 후에 받았다고 연락이 온 것은 약 200명뿐이었다. 그것도 예전에는 선배들이 손으로 쓴 편지나 엽서가 대부분이었는데, 새천년의 시대인 그다음 시집 때에는 e—mail이 다수였고 문자메시지였다. 이번에는 카톡이나 전화가 대부분이다. 세월의 흐름과 시대의 흐름을 인정하지 않을 수 없다. 계좌번호를 알려 주지 않으니 집 주소로 축하금을 부쳐 온 이가 더러 있다. 그 가운데에 성호는 재욱이와 같은 초등학교 동기이다. 성예학생문학회와 전원문학회에서 같이 활동했다. 공무원 퇴직 후에 아파트 경비원으로 근무한단다. 글을 다시 써 보라는 말에 대답은 않고, 아들이 제법 유능한 영화감독이라고 은근히 자랑했다. 아버지의 예술 친화성이 아들에게 뻗어 내려가는가 보다. 전원 시절 어울렸던 동인들이 더러는 죽고 소식도 끊겨 이름을 잊었다. 아! 생각났다. 윤자다. 그림도 잘 그리고 시도 예쁘게 쓰던 여자 회원 이름. 이제는 가물가물한 이름들을 생각하는데도 시간이 걸린다.

호는 聾坡.

시집: 시조문학 천료 시조집 《이름 모를 꽃》(1979), 《합천호 맑은 물에 얼굴썻는 달을 보게》(1979) 3인 공저, 《연습곡, 사랑》(2012), 단시조집 《단심》(2022).

수상: 상파시조상 수상.

개화(開花)

숨이 차오른다
입이 벌어진다
바람 불지 않는데도 떨었던 밤(夜)을 찢고
속살로 맞는 햇살에
실눈 뜨며 웃는다

피어나는 기쁨이야 환히 웃는 저뿐이랴
두 손 모아 꽃 피기를 맘 조리며 기다린 님
메마른 입술 가으로 또 한 송이 꽃이 핀다

변명

보여 주고 싶었어요 꾈 생각은 아예 없이
꽃가루 흩쳐 두고,
꿀샘은? 만들었죠
벌 나비 찾아오는 게 저의 잘못인가요

고와서 앉았지요 먼 길 가야 하는데도
예뻐서 만졌어요
저절로 나도 몰래
깊숙한 가슴속 샘물 그저 입술 적셨네요

그날의 꽃밭에 씨가 된 밀어(密語)들이
뿔뿔이 바람 타고 멀어진 사연들을
모르냐? 꾸짖지 마오 내년에도 봄 온다오

그분

청(請)하지 않았는데 뒤에 와 계시다가
모시려 돌아보면 말없이 저만치 간
가지에 봄물 올리려 바람 타고 오가신 임

얼어붙은 손 녹이려 입김을 불어 댄 날
찬 바람 피해 보려 담장 밑에 쭈그리면
내밀은 손바닥 가득 햇빛 속에 웃어신 임

그분 2

그분은 시(詩)가 되어 책 속에 계십니다
세상사 어지러워 밤늦도록 잠 못 들면
펼치는 책장 한가득 갈 길 보여 줍니다

그분은 음악 되어 제 심장에 자리 잡아
슬프고 외로워서 혼자인 게 힘든 시간
가슴을 고이 흔들어 노래하게 합니다

열일곱에 내 입으로 그분 이름 외웠는데
일흔이 넘어서야 그분 사랑 느낍니다
믿는 건 안다는 것과 다른 것을 배우며
모르냐 꾸짖지 마오 내년에도 봄 온다오

기분 좋은 날 2

마음에 쏘옥 드는 시 한 수를 읽은 날은
온종일 기분 좋아 콧노래가 절로 난다
오늘은 강변에 나가 물에 뜬 달 보고 싶다

잊었던 노랫말이 홀연히 생각난 날
사진첩 끄집어내 친구 얼굴 더듬는다
웃으며 화음 맞추던 노랫소리 되살아나

구 자 운 편

임학(林學)을 전공한 박사 시인으로서 풀과 나무에 대해 쓴 시가 이미 300편을 넘어 시집을 내고도 남음에 목원시집 (木園詩集) 특집 《풀과 나무》를 요즘 대세인 전자책으로 내게 되었다.

— 구자운, 책머리글 〈시인의 말〉 —

구 자 운

詩는 우리 민족의 성쇠와 같이해 온 대표적인 문학 장르다. 고대의 가요, 신라의 향가, 고려의 속요, 조선의 시조와 가사 등은 우리 민족의 희로애락 한가운데 존재해 왔다.

현대시의 한 부분을 난해하고 긴 미래파 시인들이 주도하고 있는데, 또 한편에서는 미래파의 반동이라 할 수 있는 짧은 시, 극서정시, 절대시, 2행시 등이 성행하고 있다.

나의 시 흐름도 더러 2행시부터 짧은 시 경향을 보이고 있어 독자에게 어떻게 읽혀질까 심히 궁금하다.

1974년 임학과 졸업. 서울대 농학 석사, 충남대 농학 박사, 국립산림과학원에서 정년.
시집: 다수의 《목원시집》.

양자 얽힘*

과거에 상호작용 했던 입자는
멀리 떨어져 있어도
특별한 관계를 유지한다

전생에서 인연이 있었던 사람은
이승에 와서도
특별한 인연을 맺게 된다

＊남녀간이나 혈육 사이의 사랑을 얘기할 때 사람들은 눈에 보이지 않는 신비한 어떤 연결 같은 것을 곧잘 화제에 올리곤 한다. 거리의 멀고 가까움에 상관없이 서로 마음이 통하는 그 무엇 말이다. 누구에게나 그런 경험이 더러 있을 것이다. 그런데 이런 연결이 아원자의 세계에도 존재한다는 것이 양자론자들의 주장이다. 아니, 주장의 수준을 넘어 이미 검증된 사실로 받아들여지고 있다. 이런 비직관적이고 기묘한 양자 세계의 현상을 '양자 얽힘'이라고 한다. 말 그대로 양자끼리 얽혀 있다는 얘기다. 양자 얽힘. 한 근원에서 태어난 한 쌍의 입자는 아무리 거리가 멀리 떨어져 있다 하더라도, 심지어 수십억 광년 거리로 서로 떨어져 있다 하더라도 얽힌 상태는 풀어지지 않는다. (출처/NASA/JPL—Caltech)

그 기본적인 개념은 한 근원에서 태어난 한 쌍의 입자는 아무리 멀리 떨어져 있다 하더라도, 심지어 수십억 광년 거리로 서로 떨어져 있더라도 얽힌 상태는 풀어지지 않는다는 것이다. 그러니까 한쪽 입자에 어떤 변화가 일어나면 즉각적으로 10억 광년 바깥에 있는 다른 입자에게도 그 변화가 나타난다는 말이다. 이런 섬찟한 현상이 정말 사실일까? 그 양자들 사이의 공간은 없는 것이나 다름없다는 뜻일까?

1964년 물리학자 존 벨은 얽힌 상태의 두 입자가 아무리 멀리 떨어져 있더라도 즉각 서로 반응한다는 가설을 증명하는 데 성공했다. 이것을 벨의 정리라 하는데, 현대 물리학에서 중요하게 다루어지는 개념이다.

―〈아무리 멀리 떨어져 있어도 동시에 반응한다〉(2016. 02. 16, 서울신문.)

불사조 김호길

사막에 내던져 놓아도
얼음구덩이에 빠트려도
불구덩이에 동댕이쳐도
시에 대한 열정 하나로
안 죽고 되살아 나오는

경호강 둑길을 걸으며

차를 가다리는데 시간이 남아서
둑길을 걸으면서 인생을 생각다
경호강 물은 흘러 바다로 가는데
우리네 인생은 어디로 가는 걸까

가는 봄

할미꽃이 홀씨 되어
바람에 날려 갈 적에
나는 한없이 슬펐네
가는 봄이 아쉬워서

밤 매화 향기에 취해

저녁밥을 먹고 나서
열어 놓은 문틈으로

매화 향기가 솔솔솔
방 안으로 스며들어

불면증이 있는 나를
몹시 괴롭히는구려

자연

겨울엔 잠들었다가
봄이면 깨어나서는
여름엔 팔팔했다가
가을에 길떠나가는

가로등과 성자

이른 새벽에 혼자서 어둠을 밝히는 가로등
밤늦게 귀가하는 취객에겐 여간 고마운 게 아니다

혼탁한 세상에 혼자서 등불을 밝히는 성자
배움에 목마른 자에겐 여간 고마운 존재가 아니다

최 골 잘 편

이제 더불어 사는 이의 짐을 벗어난 이쪽에서 현실과 자연을 새롭게 가다듬는 데로 이르렀으면 좋겠다. 삶이 늘 꽃그늘 아래서 즐길 수만은 없는 것 아닌가. 새로운 마음의 일을 찾고 이웃들의 삶과 함께할 수 있으면 다행이겠으나 아직은 그저 바람일 뿐이다.

― 시집《바람의 길목에서》뒷말 중 ―

최 골 잘

진주농대였던 70년대 초 71학번으로 들어와, 74년 경상대 농학과를 마쳤다. 학창 시절
은 투미한 놈팡이로 보냈다. 이후 동국대 대학원, 군 제대를 거쳐 80년대에 한글학회,
88년부터 2011년까지 한겨레신문사에서 일했다. 문학 이력으로는, 〈풀과 별〉(1972)
〈시문학〉(1973)에 글을 내기 시작했다. 2020년 〈시조문학〉 작가상을 받으면서 시조로
갈래를 바꾸었다. 늙마를 추스르는 데 그것이 편했고, 안팎으로 좀 더 솔직할 수 있었
던 까닭이다.
시집:《가슴 작은 이를 위하여》(1989),《그해 오뉴월 불가락지》(2011),《바람의 길목에
서》(2016).

어떤 사내
—여든 맞은 김호길 선배께

사천 땅 터가 세어 쇠새들 놀이터라
한때는 쇠새 부려 구름밭 가시더니
늙마엔 캘리포니아 모래땅을 일구네

아무렴 골통 보수 진보 좌빨 별것이오
손바닥 위래위라 거기가 거긴 것을
여든에 나라 걱정일랑 과음하는 지름길

하늘 갈다 더운 나라 모래땅 일구다가
마음밭 갈아엎어 노랫가락 뽑으시니
달 구름 좋으신가고 물어 새삼 뭣 하리

농파 시조집

책 이름 단심丹心이라 단심부터 찾았더니
어리석다 온하고도 스물다섯 마리마다
아린 맘 아닌 것 없어라 붉고 푸른 피멍울

몸 닦기

마음 쓸 일 드무니 몸 걱정이 새로워
여지껏 못 가누던 마음 닦기 먼저로되
몸 맘이 따로더냐며 몸 닦기에 바빠라

어떤 불질

안배진삼* 쏜 놈이 조센징 아닐거나
왜 아닐까 그리 여긴 쪽발이들 많았는데,
아뿔싸 자위대 다닌 놈팽이라 하더라

* 아베 신조.

차밭 길에서

봄이라 한나절 불꾹새는 불꾹불꾹
참새 떼 재잘재잘 침이라도 뱉았는가
민틋한 찻이랑마다 애리애리 새순 돋아

밭고랑 고개 숙인 챙 두른 큰 애기야
봄 햇살 다사롭다 고운 얼굴 그스를라
말이야 고맙소마는 햇물 셀라 바쁘오

가실 가고 저실 바람 찻이랑 넘나들 제
시린 삭신 마디마디 차 꽃잎 벌거들랑
그때쯤 한걸음 하소 차나 한잔 우리리

최 정 혜 편

최 정 혜

뜨거운 여름을 허덕거리며 보내고 있을 때, 예상치 않게 '말꽃'이 찾아왔다. 2번째 시집을 낸다고. 까맣게 잊고 있었던 전원문학 밴드! '그래, 참 오랜만이네!' 하는 생각이 들었다. 거의 7년 만인가? 그 세월 동안 많은 변화가 있었다. 40년 대학 근무를 마치고 홍조 근정훈장을 받으며 퇴직을 했다. 퇴직 직전 학기에 뜻밖의 병도 만나고, 그리고 완치도 되고, '말꽃' 2번째 시집을 위해 펜을 드니, 시가 금방 나왔다. 기쁨과 감사! "한번 전원은 영원한 전원"이라는 말에 힘입어 원고를 보냈다.

1972년 가정교육과 졸업. 경상대 교수(2000~2021), 미국 버클리대 객원교수(2007~2009), 경남일보 객원논설위원(2007~2020).

임시치아

살다 보면 나이 들어 임플란트를 하는 경우도 있지만
하릴없이 넘어져 이를 부러뜨리는 경우도 생기네

누구보다 건강을 자신하며 평생을 살아왔지만
생각지도 않게 넘어져 앞니를 부서 버릴 줄이야!

그래서 하게 된 것이 그야말로 임시치아라네
평생 살면서 처음으로 접한 앞니 임시치아

낮에는 붙였다가 밤에는 뗐다가 변화하니
우리네 인생살이도 그렇게 할 수 있으려나!

퇴직 예찬

40년 교직 생활을 모아모아 머릿결 희어지니
65세 퇴직이란 새로운 직장이 나타났네

매일 아침 수영장에서 편안하게 수영을 하고
오전에는 피아노도 배우고, 그림도 그린다네

오후에는 수십 년 살아오면서도 제대로 보지 못했던
교정의 아름다운 장미꽃, 해당화, 백일홍도 만나네

무심한 세월 속에 사라져 버렸던 추억들이
상념의 가닥 되어 재회하는 말꽃 속에 나타나네

건강 예찬

오월의 싱그러움 속에서 청춘 예찬을 배웠던 시절이여
세월의 바퀴를 돌고 돌아 건강 예찬을 외칠 줄이야!

여러 운동으로 세월을 익혀 누구보다 건강하게 살았건만
어느 날 갑자기 나를 찾아온 낯선 그대, 림프암!

속절없이 무너져 버린 나의 삶이여, 생명이여!
그러나 주님께서 어여삐 여기시어 시간을 주셨네

방황하지 말고 인생을 잘 마무리하라고 부활을 주시네
주님, 찬미 받으소서! 주님, 감사! 감사합니다!

기도 1

주님!
갑자기 찾아온 제 삶의 엄청난 병고 앞에서
인간의 실존이 그저 티끌임을 알게 하시니
감사기도를 드립니다

주님!
제 삶의 끝자락에서 자신을 보게 해 주시고
무엇보다 제 삶 안에 많은 감사가 있음을 알게 하시니
기뻐서 목 놓아 찬미를 드립니다

주님!
꺼져 가는 생명의 불씨가 살아나는 경험을 주시고
부활의 아름다움을 자연을 통해 알게 하시니
끝없는 생명의 신비에 찬미와 감사를 드립니다

주님,
인생에서 여러 가지 갈래 길을 주시니
각각의 길에서 넘어지며 경험을 쌓고 쌓아
현명하게 대처토록 하시니 찬미 받으소서!

주님,
인생의 고비마다 헤매며 갈등하다
돌아서서 돌이키면 모두가 은총인 것을
늦게서야 자각하는 나의 어리석음, 자비를 베푸소서!

주님,
부활의 영광 속에 광명으로 눈을 떠니
새롭게 다가오는 우리네 인생살이
죽으면 사는 것임을 깨닫게 하시니, 찬미 받으소서!

생명 확인 주기

만약 주기적으로 우리 생명을 규칙적으로 확인한다면
우리는 어떤 삶의 자세로 살 수 있으려나
기쁘게 살 것인가, 아니면 불안하게 살 것인가?

평생을 불확실하게 살면서도 확신으로 살았네
우리의 삶을 돌이켜 보면 얼마나 용감하게 살았던지!
삶의 태도가 경이롭고 경이롭고 참으로 경이롭네

병이 찾아와서 나의 생명이 얼마 남지 않음을 알았을 때
나는 삶의 미래에 대해, 나의 수명에 대해 생각해 본다
그리고 삶의 무지에 대한 우리의 태도에 경악할 뿐!

6개월마다 점검한다, 내 세포들이 잘 살고 있는지
정상의 틀을 벗어나 문제가 되고 있지는 않은지?
그리고 생명 확인 결과에 감동하고 감사하네!

손국복 편

나의 시는 생활이다. 내가 보고 듣고 느끼고 행한 일상의
모든 것들이 시의 오브제요 모티브이다.

— 시인의 말 중 일부 —

손 국 복

*별 하나에 추억과 별 하나에 시 *

은하수 사이로 견우와 직녀 만날 오작교 건설이 한창입니다.

지었다 부수고 다시 짓습니다.

우리네 삶도 시지프스 신화처럼 무너지고 다시 일어서야 하는 형벌입니다. 종착점에서 한 줌 재로 흩날릴 줄 알면서 기어코 오늘을 살아 냅니다. 보이저 통신 눈에 비친 세상과 나, 시와 문명은 창백한 푸른 한 점, 지구별에 얹혀사는 호모사피엔스 최후의 발악입니다.

〈문학공간〉 신인상, 한국문협 회원, 경남문협 이사.

합천문인협회장, 한국예총합천지회장, 합천교육장 역임.

시집: 《그리운 우상》, 《산에 묻혀》, 《강에 누워》.

보이저 통신 5

누구나 마음속에
별 하나 품고 살지
빨강 파랑 보라
그리움 안고 살지
젊은 시절 청색 왜성
황혼의 적색 거성
제 빛깔 제 크기로
소망 하나 품고 살지

길은 여러 갈래
선택이든 딸려 가든
멀리 보면 천명이라
아쉬움 가득한
매 순간순간들이
회한의 별빛으로
스러지는 밤
식어 가는 저 별 바라며
눈시울 붉히지

* 보이저 1, 2호: 1977년 미국 항공 우주국(NASA)에서 발사한 심우주 탐사선. 현재 태양계
  를 벗어나 성간 우주를 항해하고 있다.

보이저 통신 10
—북극성

여름밤 은하수 견우 직녀성
겨울밤 오리온좌 베텔게우스
화려한 일등성 뜨고 지는데
북쪽 하늘 폴라리스
이등성 붙박이별
고개 들어 바라보면
그때 그 자리
정처 없이 떠돌다 돌아온 집
말없이 밥 챙기며 눈물 훔치시던
어매 눈빛별
헛기침 돌아눕는
속 깊은 아비별
평생을 그 자리 그대로 앉아
대청마루 지키시던
종손 같은 별
세파에 시달리며 흔들리는 몸
요지부동 잡아 주는
등대 같은 별

* 폴라리스: 북극성.

보이저 통신 17
―기적

나는 지금 성간 우주를 날고 있다
헬리오시스 이곳은
춥고 어둡고 외롭고 두렵다
회오리 목성
오색 목걸이 토성
천왕성 해왕성 얼음골 지나
수많은 행성과 떠돌이별 사이로
아버지 어머니 얼굴 가물가물 보인다

창백한 푸른 별 떠나온 지
사십오 년
태어나 죽고 다시 사는
우리 별 아름다운 풍경
수많은 언어
노래와 아기 울음
우주에 전하고자
내 몸에 칩을 박고
마지막 사력 다하고 있다
용맹한 호기심으로 무장한 처녀비행이
차라리 가뿐하다
어차피 한 번 살다 먼지로 흩어질 몸

보이저—
나의 이름처럼
여행자 개척자 되어
영원한 자유의 해방구를 찾아
나선지도 모른다
종착점이
시리우스가 될지 센타우리로 갈지
나도 모른다
돌아가지 않으리
싸우고 뺏고 미워하다 죽어 가는
인간 세상보다
평등하고 결핍 없는 무량 광대
칠흑의 영혼이 오히려
평온하다

알 수 없지
천운이 닿아
은하 어느 별에서
무지개 탄 외계인을 만나
지친 방문객을 환대해 줄
기적
일어날지는

보이저 통신 19
―합천 운석 충돌구

떠돌이별 하나
돌고 돌다가
어두운 하늘 골목
떠돌고 떠돌다가
지치고 힘들어 주저앉은 밤
한생 마감할 순간을 알고
미련 없이 미련 없이
산화할 곳 찾다
한반도 합천 땅 드넓은 초계
대암 국사 미타 단봉산
그 이름 유서 깊은 명당을 골라
직경 이백 미터
순간 초속 삼십 킬로
육중한 몸을 끌고
돌진을 시도한다
희미하게 태어나
이리저리 차이다가
흔적 없이 사라지는
무명 목숨 부질없어
천둥처럼 장엄하게
번개처럼 단호하게

몸을 던진다
세월이 흐르고 쌓여
기름진 평원이 된
신비로운 별똥별 터
한반도 최초 유일
합천 운석 충돌구

* 한국지질자원연구원(KIGAM)에서 탐사·시추하여 지질학 국제 학술지 〈곤드와나 리서치〉
  에 발표(2020년 12월) 및 공인받음. 약 5만 년 전 구석기시대 충돌한 것으로 추정됨.

보이저 통신 30
―자리

악다물고 달려온 길
돌아보니 아득하다
갈 길이라 굳게 믿고
뚜벅뚜벅 걸어온 길
그 끝은 어디런가
계절 바뀐 밤하늘엔
겨울 왕좌 시리우스
봄 사자 레굴루스한테
하늘 경계 맡기고
묵묵히 떠나간다
불타는 성운
찬란한 왕조
번창했던 가문도
일장춘몽 흥망성쇠
때가 되면 기운다
햇살은 어둠에게
증오는 용서에게
그 자리 내어 준다

양용직편

그래, 나를 여기까지 데리고 왔구나
절뚝거리며 곁에 서 있는 시를 본다
아픈데도 내색하지 않고 잡을 손을 흔든다
고맙다 시야!

― 시인의 자서 중 일부 ―

양 용 직

소임을 다하고 가벼워져서
글을 쓴다.
글이 내미는 선물.
또 글이 배신하는 선물, 다 좋다. 이제 그럴 나이니까.
되돌아갈 수 없는 문청이어도
글 버릇을 갖게 한 것만으로도 고마우니 밤늦도록 글 속에서 허우적대다 씩 웃는다.
나는 늙어 가는 문청이다.
그렇게
다독이며 내 눈앞에 시를 내민다.

1992년 〈한국문학〉으로 등단.
시집: 《불멸의 눈꽃》, 《불빛을 말하다》, 《아랑》 등.

책이 무거운 시대를 위로하다

새벽에 여러 번 벼락이 친다
가까이 떨어진 듯 유리창에 짙은 보랏빛이 점멸한다
지구 입장에선 벼락은 필연이다
책 안에도 사투를 벌이는 사람이
필연의 길을 가고 있다
오래된 공권력에 숨겨진 내막은 함의적 보안이다
이들을 세상 밖으로 드러내는 일이 그렇다
책 속에, 행간 속에, 하나의 문장과 하나의 단어에 담겨 있는
지독한 분투
세상을 맑게 보는 눈빛 때문이다
개혁을 외치며 서초동 촛불 민심이 들끓었을 때
내부에서 사투를 벌인 그 눈빛으로
충고하는 윗사람에게
길게 늘어선 줄의 앞자리에 가고 있노라 건넨 말이
벼락이었음을
보라색 책 표지에도 있다
계속 가 보겠습니다 라고 쓴
이토록 무겁고 단호한 말
오히려 홀가분하다
믿는 구석이 뭘까
아니다 아무런 뒷배 없이 혼자다

침몰할 듯한 순간에도 다시 깨우쳐 다가가는 확신

희망이란 글자를 눌러쓰는 깊은 밤에

고행을 고행이라 말하지 않는 외길이

책 속에 있다

결코 휘어지지 않으리라

외길 따라 우리도 함께 가니까

가을 문턱에서

그해 여름
폭우로 침수된 반지하에 오물이 떠다녔고
쓰다만 시가 미완인 채 둥둥 떠다니던
그날 밤 이후
내일을 밝히겠다고 벼리던
허언의 시어들이
하얗게 날 새도록 밤을 건너지 못하던 어느 날
굶주린 가족이 마지막 월세를 남기고 선택한 길처럼
어느 극지에선 빙하 귀퉁이가 사라져 버렸네
누가 질문하지 않고
누가 답변하지 않는 묵묵부답의 시대
아, 그해 여름을 배신하고 싶던 시어들이
거무튀튀하게 그을린 시간들이
폐쇄된 밤들이
결국 저들끼리 얼굴 맞대고
비참하다는 반지하 아들과
유언장에 담긴 세 모녀의 절망에
가라앉아
함께, 묵묵함을 응시하며
슬픔이 슬픔을 다 누리도록
비극이 비극인 채 바람 되도록 두어서

절망을 넘는다
한 줌 햇살이 종잇장처럼 얇아진
처서 지나 소슬바람 불고
그해 여름이 어디로 지나갈 때

어느 날 닫혀 버린 밤이 흘러가네

나뭇잎들이 몰려가서 바람 소리를 지우는
꼭 이맘때
길거리 유리창마다 멀리서 온 것 같은 슬픔이
예감처럼 어른거릴 때
청춘의 주머니 속같이 깊고 좁은 밤하늘이 보이고
휘황한 조명 빛 술집이 있는 그런 골목에
출구 없는 밤이 올 줄 아무도 몰랐네
마지막 구조 버튼들을 누르고
비명으로 숨 멎은 이후에
그곳을 스쳐 갔을 사람과
통곡하는 가족과
깜깜하게 닫힌 곳에 꽃을 놓는 사람과
미안하다 말을 하지 않는 사람과
방관하거나 놀리는 사람이 뒤섞여서
11월 어느 날이 흘러가네
슬픔이 다 녹아 버리기 전에
밤하늘 찬란이 다 닫혀 버리기 전에
비명 한 조각씩을 나눈 사람들이
낙엽들이 몰려가서 지우려는 바람 소리를 다시 끌어오고
조등을 내건 상점 뒤켠의 깜깜한 밤들을 불러와서
화환을 내팽개치는 분노로 불을 켜네

끝이 없는 길

목소리에 그리움이 묻어 있는 노래가 있다
한번 들으면 목소리에 붙들려서
그리운 길을 따라가게 된다
그 길은
끝이 없는 길이다
가도 가도 끝이 없어 잊혀지지 않고
목소리 따라가서 그리운 지도를 만든다
어느 날 그 가수가
타국에 오래 살다 돌아와서 노래 불렀다
나도 따라 부르다가
끝이 없는 길 너머
애잔하게 쉴 수 있는 곳이 있다는 걸 알았다
끝이 없다면 상처일 수 있고
평생 그리워한다면 버리는 게 맞는 건데
그리움이 평생 자신을 속인다면
끝없는 길 너머
그 길을 가다가
그리움이 그리움을 그리워하는
백발이 될 거다
세월이 흘러도
순백의 목소리가 그 길을 작정하고 가고 있다

스스로 열어 놓은

끝이 없는 길 너머로 너도나도 따라가서

젊던 그 노래

젊던 그 사람을 풀어놓고

그립다 그립다 노래 부르고 있다

소낙비

승천하다 말고 허공에 오래 갇혀
입이 퇴화된 것들을 잊은 듯했지
허공을 맴돌면 허공이 되는 줄 알았어
다 흘러간 줄 알았는데
어느 날 한순간 쏟아지는 빗속에서
비가 되는 나무처럼 돌아왔어
갇혀서 우둑해져 버린 것들은 어떻게 지냈나
오래되어서 향기도 없지 스물을 갓 넘기던
집 없이 오갈 데 없는 길에서 흠딱 젖던 그날
아무도 말을 걸지 않아 입속이 깜깜했던
서른 지나 마흔 넘기도록 가족과 뜨거워지지 못하고
혼자 독해지던 슬픔을 누가 알겠어
독해진 것도 딱딱하게 굳어져서 파열될 때
조각난 것들을 혼자 꿰매던 시간이
감추어지지 않고 눈썹에 새겨졌던 거야
아프고 저린 것들이지
어떻게든 흘러가지 않고 갈매기 눈썹에 쌓여
비 내리면 울음 우는 눈썹을 적시는 거고
비에 담긴 노래를 듣는 거고
허공을 쓸쓸하게 맴돌던 무게를 씻어 내어
와락 끌어안는 거지
어차피 흘러가 버릴 수도 없는 거라면

양곡 편

양곡의 시는 리얼리즘의 밑바닥에서 출발하였다. 그는 습
작기에 그 밑바닥을 돌면서 밑바닥의 정서나 밑바닥의 곡
진한 시름들을 키우면서 그 스스로 시름이 되었다.

— 강희근(시인, 경상대 명예교수) —

양 곡

시에 대한 믿음은 그러므로 아직도 저에게 있어서는 신앙입니다. 지금보다 더 높고 더 크고 더 아름답고 더 신성하고 더 외롭고 더 완전한 곳에, 더 쓸쓸한 모습으로 시는 살아 있다는 저의 생각에는 아직도 변함이 없기 때문입니다.

— 시집 《혁명은 오지 않는다》의 시인의 말 중에서 —

본명 양일동, 산청군 문화관광해설,
yanggok1959@naver.com, 010—4594—7775.
시집:《덕천강》외 3권, 산문집《인연을 살며》.
수상: 1984년 〈개천문학〉 신인상, 2002년 〈문예운동〉 봄호 신인상, 2015년 제2회 경남 작가상, 2020년 제3회 현봉문학상.

아! 박구경 시인

내 젊은 날 문학의 시절
누님이었고 고모였고 어머니였던 시인
결코 나만이 아닌 주변 지역 모두를 불꽃으로 산
시인, 정열의 시인, 아, 이제는 고 박구경 시인
밤새 술을 마셔도 자세는 하나 흩트리지 않았다
서울로 제주도로 전라남북도로 강원도로 충청남북도로
경상남북도로 부산 창원으로 전국의 문학 행사장을
우리는 찾아다녔고 당대의 유명 인사들을 밤을 새워 가며
만났다 십여 년 넘게 휘몰아쳐 다니다가
서로 간의 가정사에 변동이 생기고 일자리가 옮겨지면서부터
우리는 점차 만남의 횟수가 줄어들었다
전화나 주고받으면서 언제 한번 만나자며
안부나 나누다가 전화를 끊었고, 지금 생각해 보니
그때부터 우리는 늙기 시작했었나 보다
또 한 해의 봄날은 오고 있는데 내가 지독한 독감으로
이승과 저승을 밤과 낮을 바꿔 가며 오락가락할 때쯤
어느 날 오전 갑자기 부고가 휴대전화 속으로 날아들었다
이제 다시는 만나지 못한다는 생각에 정신은
말갛게 비워지고 슬픔은 억장을 오랫동안 짓눌렀다
내 젊은 날 문학의 시대에
누님이었고 고모였고 어머니였던 정열의 시인

문학을 불꽃으로 산 시인 아! 박구경 시인, 본명은 박영숙
먼저 잘 가시라! 고통도 기쁨도 없는 세상으로!

꽃

아픔이 아픔으로
마음속에 자리할 때
슬픔이 슬픔으로
뼛속에 사무칠 때
눈물 아롱지는 길가에
산에
들에
불에 데인 흉터 같은,

능소화(凌霄花)

하늘을 향해 높이 오르는 꽃, 꽃말이나 슬픈 전설조차
잊은 채 까닭도 모르게 피고 지는 꽃들이 더 아름답다
화단이나 정원의 꽃보다는 가꾸는 손길 한 번 닿지 않은
길섶이나 묵정밭에 제멋대로 자라는 들꽃이 더 아름답다

도구대(陶丘臺)* 언덕배기에 난양대로 피어난 능소화
기품 있는 양반집 담장 안에서나 겨우 볼 수 있었던 꽃
한때는 선비의 풍류가 서린 어사화임을 일러 주는 까닭일까
소리 없이 피었다가 처절하게도 지고 있는 능소화

저렇게 아무렇게나 피어난 꽃이 더 아름답다
화분에 담기지도 않고 장식용으로 쓰이지도 않고
가꾸지도 않고 선물용으로 포장되지도 않은 채
아무렇게나 피었다가 아무렇게나 시드는 꽃이 더 아름답다

* 도구대(陶丘臺): 조선시대 남명 조식 선생의 제자인 도구 이제신(陶丘 李濟臣)이 노닐었다
고 전해지는 곳. 경남 산청군 단성면 구만리 태소(苔沼) 앞 지리산대로 상에 약간 훼손된
채 있다.

찔레꽃

찔레꽃 찔레꽃 하얀 찔레꽃

금천(琴川) 둑방 길에 줄지어 늘어선 꽃

학교에 가다 오다 들러서 보던 꽃

배고플 때는 꺾어서 먹어 보던 꽃

짙은 꽃향기가 머리를 어지럽히던 꽃

아내와 처음 만나던 날 선물로 주고받았던 꽃

올해도 작년에도 하얗게 피어나는 꽃

찔레꽃 찔레꽃 하얀 찔레꽃

금포림(琴浦林) 언덕길에 줄지어 피어나는 꽃

상사화

쉬는 날 지리산 대원사 계곡 길을
걷는데 잎이 진 자리마다 연분홍
꽃은 피어나고 바람은 탑전까지
오르내리며 사람들을 불러들이고
스님 한 분 삭발을 막 끝내고
산문을 나서는데 잎은 지고
없어도 꽃은 피어나 먼저 진
잎들을 꽃은 마냥 그리워하네

밤꽃

밤마다 꽃이 핀다는 전설 같은 이야기가 전해 오는 마을에 살던 젊은 날이었다 낮에도 이따금 숲속에서 소쩍새가 울고 밤새 윗마을에서는 큰애기가 또 하나 대처로 단봇짐을 쌌다는 소문이 푸르러 가는 산 빛을 따라 파다하게 마을에 퍼지던 시절이었다 조금은 철 이른 불볕이 한낮이면 모내기하는 논바닥 물을 끓이고 어둠이 모깃불 연기처럼 무릎 아래까지 몰려와도 마을 사람들은 아랫마을 정자나무 밑이나 타작마당에 내놓은 평상 끝에 몰려 앉아 손부채를 부치거나 삶은 햇감자를 까먹으며 길어지는 가뭄을 걱정하던 시절이었다 마을의 어른들 몇몇이 동구 밖휘영청 달빛 아래 서서 담배에 불을 나눠 붙이며 올해도 '밤꽃은 참 많이도 피는구나!' 하며 아낙네들의 밤마실 길을 은근히 걱정해야 했던 날들이었다

문 차 용 편

문 차 용

1984년 경상대 사대 화학교육과 졸업, 경상문학회(전원문학회 동인) 회장, 교사 퇴직.

출근

아프리카 세렝게티 초원의 누 떼는 부드러운 풀을 따라 몇 백 킬로미터 출근길을 만든다 뿔 위에 세운 믿음의 풍향계로 방향을 잡고 낮은음의 바람과 앙상한 가시덤불에 두 귀를 걸어 말린다 단단하며 말랑한 절대의 땅에 붉은 힘줄을 세우고 발자국 위에 발자국을 숨기며 걷는다 포식자의 허기를 함께 덮으며 두두두 의심과 타성의 하이에나가 잔가시 같은 햇살 속에, 윤기 흐르는 달빛 아래 서성일 때 헛바늘로 고르는 감각의 잔털, 날카롭게 벼리고 마른나무처럼 서로의 어깨를 걸어 선잠에게 경계병을 세운다 새벽의 아쉬운 젖비린내 품 안의 안온한 기억과 푸르고 붉은 땀이 흐르는 초원은 강여울마다 덫을 놓고 기다리는 악어 악어 떼가 나올라 터져 나오는 비명을 종주먹으로 막으며 오소소 한기가 돋는 순간, 순간의 소름마저 툭툭 이슬인 양 털어 내며 한 줌의 여린 풀잎에 새겨진 초록의 손짓을 따라 누 떼는 달리고 달릴 뿐

백합조개

조개가 입을 여닫는 이유는 바다를 머금기 위함이다
사는 것의 쓴맛
짭조름한 눈물을 알기 때문이다
입안에 혓바늘 까칠거리는
모래알을 자식처럼 품고
찰랑이고 일렁이는 밀물이야
이별을 선지하는
썰물쯤이야 싶었다
가슴에 사랑을 키운다는 것이
바다같이 품이 넓고
넉넉해야 하는 걸 알았기에
제 살을 짠물에 절여
곰삭은 순수 하나를 재우는 것이다

창백한 푸른 점

보이저호가 토성을 지나며 찍은
지구는 점이다
푸른빛이 돌아
더욱 창백해 보이는 점이다
앞만 보고 달려온 여기서
잠시 뒤돌아보는 네 모습
멀어지면 이렇게
서로에게 아픈 기억
생채기였다가
티끌이었다가
우주를 떠도는 먼지
문득
생각나 기억하기는 할까
밤하늘은 언제나
풀잎을 떠나려는 이슬 혹은 맹세
물결 위로 흘려보낸 약속처럼
당신을 떠난
오랜 뒤에야 무심히 찾아오는
저 쓸쓸하여 푸른 빛
새벽별

추수

들녘을 썰어 먹는 저 콤바인
작두날 아래 숨죽여
제대로 고개조차 못 드는 이삭에겐
반항의 기미를 보이며
까칠한 보풀을 내밀 때부터
예견된 공포였어
곤죽이 되도록 쥐어 터지는 일이야
바람 앞이건 장대비 속이건
상관도 않고
시청 앞 광장에 누워
확성기로 익힌 저항의 노래 한 소절
아랫배에서 나오던 구호도
수매가 앞에서
농익어 툭, 떨어지는 가을볕 속이야 곰살맞기로는
쇠파리 쫓는 누럭소의 세 치 혀에
볏짚처럼 감겨
천천히 되새김질하듯 그때가 좋았지 좋았어 하던,
노인정 앞길로 나락 실을
경운기가 지나갑니다

장례식장 앞마당에서

오월의 줄장미가 덮인
장례식장 철제 울타리를
비가 적시는데
문상을 마친 아낙 다섯이
우산도 없이 택시를 잡는다
물길처럼 흐르는 실랑이 끝에
넷만 태운 차가 떠나네
우두망찰 벚나무도 젖어
가지마다 꽃 진 자리가 비었는데
꽃잎 흩어진 나무 아래
손 우산 생각도 없이
빈 손목을 꺾고
조화처럼 선 여인

전봇대 위에
없던 까마귀가 울고
줄장미가 일제히 불을 켜고
길 건너를 바라보고 있다

저무는 것에 관해

구름이 걷히고 나니 여닫이창 안에 갇힌 달 같소 내 처지, 나이 갓 스물의 초례청이 어땠는지 아요, 아득하기로는 미농지 위에 번지는 물감마냥 정신 줄이 미끄덩거리다 자꾸 무섬 앞에 떨궈지고, 멍석 위 나락에 내려앉은 참새 떼가 귓속으로 파고들고, 벌집 같은 장지 문살마다 밀랍의 창호지가 숭숭 뚫려 목단꽃 수놓은 면사포 가린 첫날밤 치른 시가살이야 말해 뭣 해, 콧물 묻힌 앞치마는 곰삭아 군내 풀풀 나던 섞박지처럼 버리지도 못하고, 언 손으로 끓여 내던 쌀뜨물 뿌연 사연이야 입만 아프제, 홀로 된 오십 줄의 저고리 옷고름 끝동을 바투 매고 이리 뛰고 저리 달리던 고샅길로 마른바람이 성기어, 창을 내지 않은 머루알 방은 고명딸 기다림이 애끓이는데, 잉걸불보다 속이 깊은 푸른 눈물이 정한수가 된다는 걸 알었소, 휴우, 자개장 속 몰래 챙겨 둔 상복 위로 사금파리 빛 상처가 지린 박하사탕 단내가 풀풀한데, 조금씩 잊혀져 가는 것들은 왜 생의 초저녁에만 가득한지, 갈대청을 붙인 대금산조 자락에나 에일까, 모시풀보다 못 한 병원 이불 낱낱이 화청청 깨금발을 띠는 호랑나비나 수 붙여 볼까, 농일까 싶잖게 천수를 장담하던 순금네도 중환자실에 들었는데 감물 먹은 하늘에 내 저무는 기억은 언제쯤 환하게 붉은 노을로나 뜨겠소

정준규 편

- 운주사
- 저절로
- 명함

- 시의 길, 깨달음의 길(수필)

어디로 가는가, 무엇을 찾는가.
모든 것들이 이 속에서 생겨나고 이 속으로 사라진다.

— 시집《저절로》시인의 말 중 일부 —

정 준 규

우주를 찍은 사진 속에 위치한 지구를 본다. 이 티끌만 한 점 위에서 인간은 전쟁을 일
으키고 서로를 죽이고 서로를 증오하고 서로를 핍박하며 마치 우주 속에서 가장 고등
한 생명체인 것처럼 착각하며 살고 있다. 텅 빈 허공에 우주 속의 무수한 별들도 지구
도 그리고 우리도 잠시 머물다 흩어질 뿐 그 이상도 이하도 아니지 않는가. 탐진치의
덫에서 벗어난 진정한 자유의 시간을 꿈꾸어 본다.

2014 계간 〈미네르바〉 등단.
수산해양정책학 박사, 감정평가사.
시집: 《저절로》.

운주사

언제
그의 머리가
달아났는지 모른다

머리가 없으므로
생각은 사라져
순백의 의식만
허공 속에 가득하다

머리를 버리니
치성한 화두조차 사라져
비로소
적멸을 얻었다

천년을 앉아 지낸
꿈을 꾼 뒤

나의 정수리
한 송이 검버섯이
활짝 피었다

* 시집 《저절로》 중에서.

저절로

숨은
고민하지 않아도
저절로
쉬어지네

눈만 뜨면
노력하지 않아도
세상은
저절로 나타나고

온갖 소리들
아무런 경계 없이
저절로 들려오고
저절로 사라지네

애쓰지 않아도
세상은 저절로 굴러가고
나 또한 저절로 흘러가네

꿈속의 산하대지
저절로 피어났다
저절로 저물어 가네

명함

나는 양수가 출렁이는 검은 바다를 건너왔다
그러나 나의 근원은 아직도 부재중이다
삐걱대는 불이문을 지나
우담바라 만개한 봄날을 걷는다 해도
여전히 나는 없다
누대의 습으로 나는 시방세계를 천방지축
떠돌아다닌다
어디에서 와서 어디로 가는지
나를 잡아당기는 저 무지막지한 힘
나는 수형자처럼 사각의 링에 갇혀 있다
한생의 돌개바람이 고목의 생각 위에 웅크리고 있다
층층이 습기로 둘러싸인 수영장처럼 새벽 세 시
나는 파랑으로 일렁인다
나의 상은 허망한 것이어서 깨달으면 나도
부처라는데 무당벌레처럼 화려한 나는
아무래도 가짜다
아직도 쉼 없이 출렁이는 휴화산
기억의 지층 검은 원유로 흐르고 있는
뒤엉킨 생의 파고를 다독이며
정제되지 않은 나는 오늘도 웃으며
지문 없는 나를 건넨다

* '금강경'에서 차용

김 상 출 편

- 몽유 연분홍
- 몽유 잠수교
- 몽유 도원
- 시 1739
- 어떤 슬픔
- 언감생심

마당 한 귀퉁이 살구나무에다 새끼줄로 날 묶어 두고 삼 십 리 길 떡장수를 다니셨다고 이런 이야그를 사십이 넘도록 수도 없이 들었는디

— 시집 《부끄러운 밑천》 중 〈믿을 수 없는 이야기〉 중 일부 —

김 상 출

첫 시집의 제목이 '부끄러운 밑천'이었다. 아직 거기에서 반 발자국도 못 나아가고 있다. 하지만 나는 끊임없이 나아가고 '싶다.'

― 시집《다른 오늘》의 시인의 말 중에서 ―

1955년생. 경상대 국어교육과를 졸업하고 경남 거제에서 20여 년간 고등학교 교사로 근무. 2011년 〈영주작가〉 신인상을 받으며 문단에 나왔다.
시집:《부끄러운 밑천》,《다른 오늘》등.

몽유 연분홍

지금쯤에는 아마 머리가 희끗희끗해졌을 그미가 옛날 연분홍 시절로 돌아가 돌담 모롱이에서 고개 수그리고 옷고름 만지작거리며 날 기다린다는 기별에 천방지축 내달으면서도 긴가민가하였는데 아이고야 그때보다 열 배는 더 아름다이 배시시 웃고 있는 거라

저간의 잘못이 하도 많아
고만 말문이 막혀 눈만 멀뚱거리는데
니 맘 다 안다면서 살다 보면 그렇더라고
말갛게 웃어 주는데
나는 아무 짓도 못 하고
손만 붙잡힌 채로
천지 사방 연분홍이 분분한 가운데
혼자 우두커니 되었더라

몽유 잠수교

좌석 버스에 나란히 앉아
차창으로 오는 봄을 마주하다 졸리면
가만히 머리를 기대어도 좋았던 사람이여

잠수교를 걸으며 이 바닥으로 지나갔을 물들을 떠올리고 물의 흐름이
남긴 고운 흙이나 작은 모래 알갱이들 위에 발자국을 남기는 것이 그대
를 떠올리는 일보다 어느 쪽이 더 쓸모없는 짓일까 견주어 보기도 합니
다 참 부질없이

벽에 등을 붙이자 몸이 주르륵 흘러내리던 기억이 아직 또렷한데 나의
갈피는 지금 어디쯤에서 꽃잎들 사이에 섞이어 떠돌고 있을까요

몽유 도원

하늘거리는 열대어 지느러미 같은 잠의 자락을 따라가며 다가오는 의식
을 저편으로 가만가만 밀어내다 보면 혼곤한 결 사이로 느리게 스며드
는 치렁치렁한 덩굴식물들이 긴 팔을 늘어뜨리고 거기에 달린 가늘고
어린잎들 위에 아주 조금 은밀하게 빛들이 부서져 내리고 나는 맨발로
바닥이 닿을 듯 말 듯 유영하는데 다사로운 바람이 맨몸으로 다가와 감
기는 듯 흐르고 마침내 눈이 부시지 않을 만큼 햇살이 모이는 곳에 이르
면 거기 이제 막 반쯤 익어 가며 분홍빛 향이 도는 작은 복숭아 두 알 보
송한 솜털 빛내며 부끄러이 자리하니 온몸이 저르르 옴짝 못 하는 사이
새소리 물소리 멀리 비키고 나인 듯 남인 듯 한참을 그러면서 나왔는지
머무는지도 모를

시 1739

'바람에 가로등 불빛이 차츰 야위어 가던 계절 그미의 자전거는 여적 휘
파람 소리가 남겨져서 맴돌고 있는 숲속으로 들어가 버렸다 나는 당최
숨 쉬는 일이 어려워져 얼굴을 반쯤 감추고 해를 치어다보며 몇 마디 주
절거리다가 그미를 따라 숲으로 들어가자는 생각이 불쑥 들었고 희미하
기는 하지만 길도 보였는데 무슨 일인지 왼발이 떨어지지 않고 말썽을
부렸다'고 시를 썼다

그러면 마음이 편해질까
싶었는데 아니었다
당신도 이미 알고 있었듯이

어떤 슬픔

큰형님의 부음을 받았다
여든 하고 넷
점심 후에 출발하자 하고
나는 자장면을 시켰다

열두어 개의 조화와
중저가의 삼베 수의 한 벌
간간히 이어지는 곡성으로
장례식장이 슬픔에 적셔졌다고
근근이 말할 수 있었다

형님의 삶은 늘 그랬다
경제도 건강도 자식 농사도
매양 근근했다

발인 전날 자정쯤에
딸과 사위 손주들 사이에서
띄엄띄엄 웃음소리가 나왔고
영정 속에서 형님도
비시시 웃으셨던 것 같다

언감생심

꽃비 나리는 아침
귀밑머리 햇살에 보송이고
남색 댕기 나풀거리며
햇살 아른거리는 거기 어디쯤
돌다리 난간에 손 얹고
기다리마 하시던 이여

비 맞으며 한나절
눈 나려도 사나흘
바람 속에서 한평생

나는 기꺼이 거기
다리난간의 돌이 되리

한 오백 년 나날이 흘러
언감생심 품은 죄가
묽어질 즈음이면
그 후생이라도 기약하리니
이후로는 다시
나의 허물을 묻지 마시길

수필

김 기 원 편

- 송지영, 신동식 회장과의 차담

녹동 김 기 원

예년에 없는 더위가 매년 기성을 부리지만 금년에 좀 더 심하게 느낀다. 몇 해 동안 자취 없이 살다가 너나없이 선배님 '전원문학'에 글 한 편 부탁합니다. 메시지를 쾌청하게 받고 작설차를 마시는 차실이나 짜증 같은 고통을 심하게 느끼니까 옆자리 선배가 배가 아파. 그래. 묻는다. 아니야. 주가 없는 글쟁이들이 스스로 원망할 일이지만. 퇴직 전은 경남과학기술대학교 교수였고 퇴직 후 명예교수라 자유로워 사용하였으나 요쯤 두 대학교이 합쳐 본의 아니게 경상대학교 명예교수라 호칭하니 오늘만 아니고 지난 명예교수 모임에 갔더니 좀 어색하였다. 진주농과대학 출신이나 경남과학기술대학교 근무자나 이름 없는 그 자리가 그렇게 넓을 줄 몰라서!

1955년 진주농과대학으로 칠암 아래들로 이사할 때 초라한 그 모습과 달리 60여 년 만에 통합하여 경상대학교이란 새 호칭에 호감은 있었으나 필자는 1964년부터 칠암동에 오늘까지 살았으니 그때 모습과 그 이름. 그때 '전원문학'을 생각하니 얼마나 세상이 변화되었는지 찻잔에 작설차가 넘쳐 궁금하다.

시, 시조, 수필을 가리지 않는다. 현재 경상국립대 명예교수, 한국문협 자문, 국제펜 한국본부 이사, 한국차학회 성문관유도회 한국공무원문협 천성문협 새부산시협 고문, 남강문학협회장. 홍조근정훈장, 목련훈장을 받았다.
수상: 매월당 문학상, 김시습문학상, 한국문협상을 받았다.
시집:《나 차밭에 있네》외 다수.

송지영, 신동식 회장과의 차담

나는 신동식申東植 회장을 잘 몰랐다. 그러나 서울 인사동 찻집에서 한국차인연합회 송지영 회장의 소개로 우연히 만나게 되어 첫인사를 했다. 송 회장은 나를 간략하나마 멋있게 소개했다. 신 회장은 악수를 청하며 멀리 진주서 왔다는 말에 매우 반가워했다. (그리고 두 어른은 유모어를 주고받는다.)

송 회장 왈 "나는 작은 찻잔에 차를 띄워 물을 마시지만 신 회장은 바다 위에 수백만 톤이나 되는 큰 배를 오대양 띄워 물을 마시니 위대합니다."

신 회장 왈 "물 마시는 행위는 같습니다. 오늘은 찻잔과 배의 만남에 진주라 천 리 길을 온 김 교수를 만나니 더 반갑습니다. 우리야 눈만 뜨면 바다에 배 뜨는 것을 보지만, 오늘은 송 회장 덕분에 교수 차인을 만나게 되어 더욱 좋습니다. 하하하."

신 회장이 나에게 서울에 자주 오느냐, 서울이 신기하냐고 묻기에 강의가 없는 날이나 무슨 회의가 있으면 가끔 온다며, 사람 사는 곳은 같다고 했더니 좋은 시야라며 밖에서 서울을 객관적으로 보는 기회가 많아야 한다고 했다.

송 회장은 그를 "바다에 떠 있는 우리 화물 상선 85%를 설계하고 만든 그 배에 '메이드 인 코리아'를 처음 붙인 우리나라 상선의 왕"이라고 말했다.

나는 호기심에 실례했다. "미국 재클린 케네디 여사가 재혼한 그리스 선박 왕 오나시스에 비교가 됩니까?" 하고 물었다. 그때 마침 마담이 따뜻한 홍차를 가져왔다. 송 회장은 말을 바꾸어 김 교수는 진주농림전문대학 교수로 지도력이 대단하며 한국차인연합회 감사이기도 하고, 또 문학도 좋아한다고 다시 소개를 한다.

신 회장은, 송 회장 덕분에 커피 대신 홍차를 마신다고 했다.

그는, 젊은 교수라기에 부탁하는데, 학교에서는 나라를 사랑하는 지도자를 양성해야 한다. 지역에 살든 서울에 살든 자기 분야에 최고가 되는 사람을 길러야 한다. 또 일본은 차도문화茶道茶化에 뿌리가 깊은데 왜 한국에는 차 문화 종주국이면서 역사성이 빈약한가, 규명과 재정립이 필요하다고 강조하기도 했다.

아쉽게도 나는 급한 전화를 받고 자리에서 일어나 훗날을 기약하며 작별을 했다.

송 회장이 말씀한 신동식 회장의 이력은 몇 마디로 간추리기 어렵다.

육이오 때 학도병으로 참전했다가 부산에서 미군 군함이 싣고 온 군수물자와 구호품을 체크하는 일을 한다. 거대한 수송함에서 쏟아지는 탱크와 무기, 군인들을 보고 큰 배를 만들고 싶다는 꿈을 꾸면서 이후 서울공대 조선공학과를 진학한다. 졸업 뒤 국내에선 일자리를 못 찾아 여러 나라 기업에 편지를 보내는 등 애쓰다 마침내 스웨덴 코쿰 조선소에 엔지니어로 채용된다. 이후 영국 로이드선급, 미국 에이비에스선급을 거쳐, 1965 대통령 경제수석비서관이 된 이후, 해사행정특별심의회 위원을 역임하는 등 우리나라 제철, 조선, 석유화학뿐만 아니라 전자, 과학기술 분야의 중장기 발전 계획을 수립한 인물이었다.

송지영 회장의 도움으로 촌사람이 귀한 분과 우리의 차 문화의 현실과 앞날을 두고 대화했던 기억이 새롭다. 그런 만남은 우리나라 차의 발전과 필자에게 추억의 뒷거름이 된다.

양동근편

• 강대복 이야기

양 동 근

• 행복할 때 약속하지 마라, 화났을 때 답변하지 마라, 슬플 때 결심하지 마라.

일상의 이야기를 혼자만의 시간에 떠내려 보내지 않고 수필 한 편을 올렸지요. 그것도 오래전에 만났던 사람들에게, 인연의 고리에 들어간 사람들에게, 진주 남강을 기억하는 사람들에게, 고향의 삶을 그리워하는 사람들에게 은밀하고 달짝지근하고 고요한 비밀을 옮기게 된 것을 기쁘게 생각합니다.

또한 '전원문학'에서 보낸 메시지 한 통에 관심을 갖고 소통하게 된 것을 조금도 후회하지 않습니다. 무심코 바라보는 거울 속에서 나의 모습은 무엇일까, 화창한 봄날도 지나가고 황혼의 그림자가 보였지만 그것은 살아 있는 모두가 겪어야 할 시간이기에 쓸쓸하지 않아요. 이제 폭염도 지나가고 가을의 문턱에 들어서게 된 것을 감사하게 여기면서 외로움의 출구를 찾은 사람들에게도 박수를 보냅니다.

경상대 축산과 졸업(1968년). 〈시와수필〉(계간지), 〈소장수 선생님〉 등단, 한국문인협회 정회원, 부산문인협회 정회원, 남강문학협회 상임운영위원.

강대복 이야기

오늘 이야기는 진주 강씨의 시조인 강이식 장군의 후손인 강대복(姜大福)의 일화를 소개코자 한다.

강이식 장군은 고구려의 공신으로 을지문덕과 함께 임유관 전투의 대승리로 인하여 수나라 문제 정권을 몰락시키는 전공을 세웠다.

강대복(姜大福)은 어린 시절 아버지로부터 강이식 장군의 임유관 전투를 귀가 따갑도록 들었다. 그런 환경에서 세뇌 교육을 받은 탓인지는 몰라도 강이식 장군의 후손이라는 자부심을 습관처럼 지니고 생활하였다.

강대복은 사천시 용현면에서 초등학교를 졸업하고 중고등학교는 진주에서 다녔으며 대학은 부산에서 졸업하였다. 강대복(姜大福)의 호적에 등재된 이름은 강금식(姜禁食)이지만 35세 되던 해에 대복(大福)으로 개명하였다. 금식(禁食)이라는 이름은 기독교 신자인 아버지가 인간의 탐욕을 절제하라는 취지에서 지어 준 것인데 국내에서는 전무후무한 이름이었다. 한자로는 먹는 것을 금지한다는 뜻이어서 회식 자리에서는 흔히 친구들로부터 놀림감이 되었다. 대복(大福)의 아버지는 청교도적인 생활을 하였으며 일정한 계율(戒律)을 지키기 위하여 음식(飮食)을 잘 먹지 않아서 영양결핍으로 오십 세에 별세하였다. 대복(大福)의 아내는 번화가인 서면에서 미용실을 경영하였으며 그는 한량처럼 친구들과 어울려서 놀기에 여념이 없었다. 그가 백수(白手)로 편하게 지내는 것은 아내를 잘 만난 덕택(德澤)

이라고 말하는 이도 있지만 大福이라는 이름의 후광이라고 말하는 이들도 있었다. 그러나 대복(大福)의 인생에 보람을 느끼는 업적이 한 가지 있었다. 그것은 88올림픽을 개최하는 시점에 부산에서 생활하는 초등학교 친구들을 규합해서 동기회를 만든 일이다.

여자가 5명이고 남자가 7명이다.

사회적으로 성공한 사람도 있었지만 기반이 잡히지 않은 친구들도 있었다. 총무 적임자는 대복(大福)이를 만장일치로 추대하였다.

대복(大福)이가 부지런하고 활달한 성격이라는 점에서 인정을 받은 것이다. 회장은 관광 회사를 경영하는 김희도가 추대되었으며 부회장은 연산동에서 횟집을 경영하는 강민석이가 추대되었다.

김희도 회장은 고졸이지만 밑바닥부터 고생해서 자수성가한 사람이다.

그렇게 시작한 동기회가 30여 년 동안 잘 진행된 것은 대복의 노력이 컸었다. 대복이가 수시로 친구들에게 전화를 걸어서 안부를 전하고 열정을 쏟으니 모임이 잘될 수밖에 없었다.

길흉사가 생기면 대복(大福)이가 친구들을 동행하여 찾아가서 정성을 다했다. 또한 회장과 부회장은 사비를 지출해서 단체 회식과 국내 관광을 시켜 주고 인정을 베풀었다. 그렇게 해서 동기회는 장기간 지속되었지만 그들의 나이가 70세를 넘기면서 기력도 쇠하고 몇 명은 질병으로 사망하게 되었다. 모임의 참석자는 삼분의 일 수준으로 줄게 됨으로써 동기회를 해산하였다.

동기회 해산 이후로 친구들은 뿔뿔이 흩어지고 서로의 안부를 묻는 일도 소원하게 되었다. 그런데, 며칠 전에 창원에서 생활하는 최광식이가 대복(大福)에게 전화를 걸어서 친구들의 근황을 물었으며 자신의 신상을 털어놓았다.

광식은 자신이 시한부 인생이며 총무로 수고한 대복(大福)의 목소리가 듣고 싶어서 전화를 걸었다는 것이다.

광식이는 약 10년 전에 위암(4기) 수술을 받고 지금까지 재발하지 않았는데 수개월 전부터 음식물을 삼키기 어렵고, 통증이 심하여 대학병원에서 검사한 결과 폐와 식도, 뼈까지 전이가 되었다는 것이다. 비록 사망 선고를 받았지만 산수(傘壽) 80세까지 살았으니 목숨에 대한 애착은 없다고 하였다. 단지 젊은 시절에 바르게 살지 못한 것이 후회스럽다고 하였다.

어떤 점에서 바르게 살지 못한 것인지를 물어보았더니, 성질이 급하고 참을성이 없어서 아내에게 폭언한 일들을 반성한다고 하였다.

그리고 젊은 시절엔 도박에 미쳐서 가정을 돌보지 않았으며 유흥업소에서 낭비벽이 심했던 일도 고백하였다. 광식이는 시종일관 기침과 가래가 끓었으며 신음 소리를 내고 있었다. 지금까지 한 번도 들어 보지 못했던 광식의 사생활이었으며 인간의 내면은 겉모습과 다르다는 것을 발견하였다. 대복(大福)은 예전의 초등학교 동기회 총무로 다시 돌아가서 광식의 마지막 가는 길을 비춰 주는 등불이 되고 싶었다.

그것이 강이석 장군의 후손이라는 명예를 지키는 것이라고 확신하였다. 또한, 최광석이가 아내에게 잘못한 일을 참회하고 있다는 사실에 이르자 강대복 역시 지난날 백수건달로 지내면서 다른 여자와 바람을 피웠다는 점에서 무사할 수 없었다.

강대복의 외도가 아내에게 발각되지 않은 것은 주도면밀한 자신의 성격 탓일지도 모른다. 그렇다면 지금이라도 늦지 않았으니 아내에게 고해성사를 해야 할 것인지 아니면 무덤까지 비밀을 갖고 가야 할 것인지를 두고 고뇌할 수밖에 없었다. 하지만 지금까지 단 한 번도 들켜 본 적이 없었으니 이대로 묻어 두는 것이 현명한 처사라고 여겨졌다.

앞으로는 죄짓지 않고 바르게 살아간다면 아내에게 굳이 속죄하지 않아도 구원을 받는 것이라고 판단하였다.

그것은 뉴욕타임스 선정 최고의 베스트셀러 작가인 스펜서 존슨이 남긴 말을 기억하고 있었기 때문이다. 현재 속에 존재한다는 것은 잡념을 없앤다는 뜻이다. 그것은 바로 지금 중요한 것에 관심을 쏟는다는 뜻이다.

오키나와 기행

오키나와 기행문을 쓰게 된 데는 좀 각별한 연유가 있다. 며칠이 아니라 일 년이란 긴 여정이었기 때문이다. 2018년 2월 중순에 가서, 2019년 2월 중순에 돌아왔으니 꼭 일 년 동안이었다. 대학에서 마지막 연구년으로 오키나와 류큐대학을 선택했더니 뽑혀서, 경비를 학교에서 지원받았다. 그리고 혼자서 1년을 오키나와에 머물게 되었다.

김해에서 오키나와까지의 비행시간은 1시간 50분으로 길지 않았다. 우리나라와 시차가 없어서 좋았다. 처음엔 남편이 함께 가서 거주지 처리를 도와주었다. 그리고 오키나와 류큐대학에 6개월 먼저 가 있던 일어교육과 여교수 동료 덕분에 정착하는 데 많은 도움을 받았다. 동료 교수는 6개월 후에 귀국하고 나 혼자 6개월을 더 살았다.

일본 대학은 우리나라와 달리 4월이 개학이어서 2월 중순에 도착한 나는 개학 전까지는 여유가 있었다. 먼저 4박 5일 동안 오키나와를 돌아봤다. 오키나와 북쪽의 유명한 수족관, 중부에 있는 큰 이온 몰, 그리고 지금은 일부가 불타 버린 슈리성 등 오키나와의 대표적인 관광지를 구경했다.

오키나와는 류큐 왕국으로 있다가 18세기께 일본 가고시마현에 소속되면서 일본 땅이 되어 '일본인 듯, 일본 아닌 듯, 일본인 나라'로 불린다. 또한 그곳에는 태평양을 지키는 미군 주력부대가 주둔하고 있어 일본인에게는 아픈 손가락 같은 지역이다. 제2차 세계대전 중, 미군이 상륙하면서 오키나와 현지인들과 일본군들이 많은 희생됐고, 지금도 해마다 그 유적지들에서 추모행사들이 열린다. 우리나라 동족상잔의 비극처럼, 오키나와 주민들도 전쟁 당시 전체 주민의 3분의 1 정도가 숨졌을 정도로 상처가 깊은 땅이다. 그럼에도 오키나와 사람들은 지금도 류큐 왕국에 대한 자부심이 강하다. 오키나와현 사람들은 샤미센 전통악기를 연주하며 노래할 때, 일본어와 비슷하지만 일본어가 아닌 오키나와 고유 언어로 부른다.

내가 일본에서 일본 전통악기에 관심이 있어서 샤미센이라는 악기를 6개월 동안 배운 적이 있는데, 그때 악보에 적힌 낱말을 몰라 일본 사전을 찾아보니 나오지 않았다. 악기를 가르쳐 주는 선생께 질문했더니, 이 말들은 오키나와 고유 단어라 일본어 사전에 없다는 것이었다. 나는 샤미센 악기와 오키나와 말로 노래를 했는데 이런 경험은 오키나와 사람들이 전통문화를 지키려는 것을 알게 된 일면이기도 했다.

4월에 개강을 하여 류큐대학교 국제 기숙사에서 혼자 생활을 했다. 학교 안이라 기숙사비가 아주 저렴했다. 한 달에 방세와 전기료 등을 포함해서 1,500엔, 약 15만 원 정도였다. 그러나 학교 밖의 주거비는 아주 비쌌다. 개학 전 2달간 학교 밖에서 살았는데, 그때 두 달 방값이 거의 100만 원 정도였다. 왜냐하면 일본은 학교 밖의 집값이 학교 기숙사에 비해 거의 2~3배 비쌌기 때문이다. 또한 집을 함부로 구할 수도 없을뿐더러, 집을 구할 때는 반드시 소개한 개인의 보증서와 함께 인감증명서가 필요하다. 나의 경우는 나를 초청한 교수가 자신의 인감증명서를 첨부해서 집을 얻도록 해 준 것이다.

내가 집을 계약하는 날 나를 초청한 교수가 계약하는 장소에 나와 계약서에 함께 서명을 하면서 보증을 선다는 것을 알게 되었는데, 나는 깜짝 놀랐다. 우리나라는 돈만 내면 얼마든지 집을 구할 수 있는데, 일본은 보증인이 없으면 아무리 돈이 있어도 집을 구하지 못하는 상황이었다. 또한 1개월 집세를 기본 서비스 비용으로 미리 내어야 하고, 수선비를 선불하는 등 매우 까다로운 조건이 있어서 집세가 매우 비쌌다. 나를 위해 집세 보증까지 서면서 나를 보증해 준 교수가 놀랍고 미안했다. 그래서 남편과 함께 그 교수 부부를 초대해서 감사하는 마음을 보이기도 했다.

7월 종강할 때까지 대학원 과목 한 강좌를 들으며 한 학기를 보냈는데, 우리와 다른 특이한 문화를 많이 체험했다. 인상적인 것 중의 하나가 학생이든, 교수든 모두가 점심시간이 되면 식당을 이용하기도 하지만, 학교 식당에서 제공하는 도시락을 사서, 각자의 연구실로 가서 혼자 먹는다는 사실이다. 우리는 대학에서 강의가 있지 않는 한, 동료 교수들과 함께 식당을 가거나 바깥 식당을 가는데, 이곳 교수들은 특별한 행사가 아니면 동료들과 함께 먹지 않고, 거의 혼밥을 한다는 점이 충격이었다.

또 하나 학교 교수들의 초대 문화에 대한 경험이다. 종강 무렵 나를 초청한 교수로부터, 지인인 동료 교수가 나를 자기 연구실로 초대한다는 연락을 받고, 약속된 날에 그의 연구실을 찾아갔다. 책과 서류들로 가득 찬 방 중간을 비집어 의자 둘을 두고 나를 맞이했다. 그런데 우리나라 연구실의 초대 분위기와는 달라도 너무 달랐다. 연구실 정리도 엉망이고, 대학원생을 시켜 커피와 함께 빵을 내었는데, 편의점에서 파는 아주 볼품없는 작은 빵이었다. 순간 나는 거의 까무러칠 뻔했지만 중심을 잡고, "아리가도 고자이마스."라고 말했다. 속으로는 '…세상에 이런 부실한 빵을…!' 하면서 말이다. 그 일본 교수는 실리적인 건지, 뭔지, 어쨌든 초대하고 접대하는 방식이 우리와는 너무 달랐는데, 본인은 아무렇지도 않은 듯했다.

한 학기를 지나면서 겪은 또 다른 에피소드 하나.

나는 일어 회화를 좀 더 능숙하게 하고자 우리나라 주민센터 같은 곳에서 하는 '수채화 반'에 등록하였다. 일주일에 한 번 그림을 배우러 다니면서 몇몇 일본인 친구들이 생겼다. 어느 날 내 뒤에 앉은 친구가 나에게 새끼손가락만 한 크기의 양갱을 선물이라고 주었다. 나는 순간 당황하면서 '고맙다'고 하고 받았다. 왜냐하면 우리나라에서 남에게 선물을 줄 때는 보통 박스 단위로 주기에 이렇게 작은 양갱 하나를 준다는 것이 내게는 아주 충격적이었기 때문이다. 집에 돌아와 책상에 그냥 그것을 던져두었다. 그런데 다음 주에 갔더니 그 친구가 나에게 양갱 맛이 어땠냐고 물어서 또 당황하면서 '맛있었다'고 대답하였다. 집으로 와서 그 양갱을 먹어 보았더니 보통 맛일 뿐이었다. 그 뒤에도 또 한 번 엄지손가락 크기의 과자 두 개를 포장한 것을 선물로 주길래 받았다. 나중에 오키나와에서는 이런 선물을 일상적으로 주고받음을 알게 되었다. 우리의 선물 정서와는 대비되는 경험을 하였다. 그러면서 오키나와 사람들이 가난해서인가, 아니면 우리나라 사람들의 선물이 너무 허세 위주인가 하는 생각이 들기도 하였다.

드디어 여름방학이 되었는데, 또 하나 놀라운 경험, 바로 오키나와 태풍의 진수를 경험한 것이었다. 내가 오키나와에 간 것이 2월 중순이었기에 따뜻한 겨울 날씨가 매우 매력적이었다. 반대로 여름이 되니 엄청나게 축축하고, 태풍이 거의 스무 개 안팎이나 불어오는 놀라운 날씨였다. 금방 폭우가 쏟아지다가 햇볕이 쨍쨍 나는 아열대기후, 그래서 가끔은 매우 아름답고 큰 무지개를 두세 차례 만나기도 했다. 학교에서 기숙사까지 걸어오는 10분 동안 갑자기 내린 비로 발목 위까지 물이 찬 길을 걸어야 할 정도였다. 그중에서도 엄청난 태풍을 겪은 경험 하나는 지금도 잊지 못한다.

7월 하순께, 방학 직전에 갑자기 학교 교정에 사이렌 소리가 나더니 곧이어 안내 방송이 나왔다. 저녁에 태풍이 오니, 수업을 중단하고 학생들을 집으로 돌려보내라는 것이다. 나도 얼떨결에 기숙사로 돌아와 저녁 시간을 보내고 있었다. 갑자기 내 방 베란다 앞의 큰 나무가 거세게 흔들리기 시작하더니 굉음을 내면서 밤새 세차게 흔들렸다. 나는 공포를 느끼며, '이러다가 일본에서 죽는 것이 아닐까' 생각될 정도로 잠을 못 자고 밤새 뒤척였다. 새벽에 동이 트고, 아침이 되니 창밖의 아름드리나무의 나뭇잎이 다 떨어지고 앙상한 가지만 남아 있었다. 순간 그 나무가 불쌍한 생각이 들었는데, 두 달을 지나니 어느새 다시 잎이 무성해져, 오키나와 날씨에 또 한 번 경탄했다.

7월에서 9월 사이에 여러 번의 태풍을 겪으면서, 오키나와 사람들의 태풍을 대비하는 자세가 우리와는 큰 차이가 나는 점을 느꼈다. 오키나와에서는 우선 태풍이 오게 되면 2~3일 전에 안내 방송을 하고, 사람들은 슈퍼마켓에 가서 미리 사흘치 정도의 물건을 사서 집으로 돌아온 다음, 집에서만 지낸다. 학교도 그 기간에는 휴교를 했다. 내가 사는 국제 기숙사도 주된 출입문을 봉쇄하고, 뒤쪽 출입구 한쪽만 열어 두고 통제를 했다. 나는 학교 연구실도 가지 못하고 답답한 방 안에서만 지냈다. 내가 태풍의 중심지 오키나와에 와 있다는 사실이 새삼 실감 나는 계절이었다.

드디어 10월! 가을이 되면서 학교도 개강을 했다. 2학기를 보내며 순조롭게 지냈다. 특히 오키나와는 겨울도 따뜻해서 활동하기 좋은 계절이다. 나는 오키나와에서도 성당을 열심히 다녔다. 일주일에 세 차례 일본인들이 다니는 슈리 성당을 갔는데, 일본어로 성서 공부와 성령 세미나, 주일날의 미사, 요양원 방문 등으로 바쁘게 지냈다. 성서 공부 3~4시간, 성령 세미나 3~4시간 등의 시간을 보냈기 때문에 마치 일본에 피정을 온 기분으로 살기도 했다. 혼자였기에 가능한 시간 배분이기도 하였고, 원도 한도 없이 신앙생활을 한 시기이기도 해서 돌이켜 보면 너무 보람된 시간이었다.

10월 중순에 법학과 여교수의 점심 초대를 받아 어느 식당으로 가게 되었다. 내가 법학과 여교수 2명에게 한국어를 몇 달 가르쳐 주었더니, 고맙다고 초대를 한 것이다. 일본 여교수들과의 외식은 처음이어서 잔뜩 기대를 했다. 차를 타고 20분 정도 간 다음 어느 조그만 개인주택 같은 식당을 갔는데, 방은 여러 칸으로 나뉘어 있었다. 조용하고 소박한 분위기였다. 셋이 서로 이야기하면서 음식을 시킨 다음 기다리고 있는데 나온 음식이 딱 한 그릇에 음식이 담긴 일품 요리였다. 큰 뚝배기 그릇에 밥이 있고, 그 위에 닭 가슴살 데리야키 큰 조각이 얹혀 있었다. 반찬은 아주 조그만 접시에 단무지 하나를 여섯 조각 낸 것 같은 크기, 그것이 전부였다. 나는 정말 깜짝 놀랐다. 우리는 손님을 초대하면 그야말로 진수성찬을 차린다. 가격은 거의 만 오천 원 수준이었는데, 한국의 7천 원 정도의 음식보다 못했다는 생각이 들었다. '우리나라 좋은 나라'가 정말 느껴지는 순간이었다. 2019년 귀국하여 한국에서 9천 원짜리 정식만 먹어도 한 상 가득히 차려진 반찬들에 얼마나 행복했던지! 아마 한 달 이상은 식당의 행복을 느꼈던 것 같다. 일본은 나라는 잘살아도 개인은 가난하게 산다는 것이 정말 실감 나는 한 해였다.

드디어 12월! 겨울이 되어 성당에서 크리스마스 행사를 했는데, 한국과 달리 반팔 차림의 산타클로스가 등장했다. 그만큼 따뜻했다. 우리 성당인 슈리 성당 크리스마스 파티 때 나는 서투른 솜씨지만 일본 샤미센을 연주하면서 일본어로 노래를 불렀다. '내 일어가 서투르기는 하지만 하느님 찬미를 위해 감사하는 뜻으로 샤미센 악기 연주를 하겠다'는 일본말 소개와 함께. 슈리 성당 신도가 40~50명이었기에 따뜻한 분위기에서 파티가 이루어졌다. 미국인 주교님과 베트남인 신부님 앞에서, 그리고 신자들의 박수를 받으면서, 나는 즐겁게 연주하며 노래했던 기억이 지금도 아름다운 추억으로 남아 있다.

1월과 2월 논문을 정리하면서 귀국 준비를 했고, 나를 데리러 온 가족과 함께 또 한 번의 오키나와 가족 여행을 한 후, 2월 중순에 1년 여정을 마쳤다.

2018년! 1년 동안의 기행을 간추리면 오키나와는 '일본인 듯 일본이 아닌 듯, 일본인 나라'였다. 한편으로 일본인이면서도 류큐 왕국의 후손이라는 자부심을 여전히 간직하고 있었다. 또 하나, 오키나와에 장수하는 사람이 많은데, 그 이유 중의 하나로 생선을 많이 먹는 점도 있겠지만, 음식을 정말 적게 먹는 '소식'에 있는 것 아닌가 하는 생각이 들었다. 작은 것이라도 정성이 깃들면 선물이 되는 것을 보면서, 우리의 선물 풍습은 너무 허례허식이 아닌지 하는 반성도 든다. 해마다 오는 그 숱한 태풍에 순응하고 이겨 내는 오키나와 사람들의 강인함도 새삼 느꼈다.

류준열 편

- 108배 나날
- 징사 남명(徵士 南冥)
- 방사능오염수(放射能汚染水)

류 준 열

산청 출생.
수필가, 천상병문학제 추진위원장, 이형기기념사업회 부회장.
작품집:《무명그림자》(2003, 2007, 2012).

108배 나날

　우연한 인연으로 매일 108배를 하게 되었다. 2002년 봄 '귀천' 시비 건립 준비로 지리산 천왕봉 기슭 중산리에 오르내릴 때, 마지막 버스를 놓친 오십 대 후반으로 보이는 여성을 내 차에 태우고 진주로 오게 되었다.

　그 여성이 내 관상을 단명상(短命相)이라며 108배를 권하였다. 그렇지 않아도 암 수술을 한 지 2년이 채 안 된 시기라 이 말을 들으니 머리끝이 쭈뼛하게 섰다. 보살도 암에 걸려 병원에서 치유 불가 판정을 받고, 절망감에 빠져 중산리 계곡에서 죽든 살든 하루 내내 절을 하였다고 말해 주었다.

　오랜 기간 절을 해서 그런지 병원에 가니 완치가 되었다고 했다. 그 보살은 나에게 단명상이란 마음의 병을 주고 108배란 방편을 말해 준 셈이다.

　보살의 말을 들은 다음 날부터 바로 108배를 시작하였다. 고등학교, 대학교 학창 시절 불교 동아리에 활동할 때 108배를 간혹 하였지만, 그 이후 20여 년간 108배를 해 본 적이 없다가 108배를 하게 되었다.

　처음 몇 달간은 힘이 들었지만 수술 후 회복 기간 중이라 건강에 대한 절박함과 보살의 단명상 관상이 뇌리에 떠나지 않아 포기하지 않게 되었다.

　처음에는 집에서 108배를 하다가 근무하는 학교 학생 수 감소로 비어 있는 교실이 있어 남보다 일찍 출근하여 108배를 하였다. 주말이나 공휴일에는 집에서 하거나 가까운 사찰에서 하였다. 다음 해부터는 아침 일찍 일어나 집에서 108배를 하고 학교에 출근하였다.

외국 여행 중에도 108배를 빠지지 않고 했다. 호텔에 방석이 없어 이불을 접어 놓고 하거나 베개를 놓고 절을 하였다. 이불이나 베개는 단단하지 않아 자세가 잡히지 않아서 몸이 기우뚱거려 힘들기도 한 108배였다.

2004년 진주 한산사에 갔을 때 108배를 한다고 하니 지원 주지 스님께서 알려 주신 절을 할 때의 당부 사항을 지금까지 실천하고 있다.

"절하는 것은 몸을 늘리고 오므리고 하는 동작으로, 인도에서는 기본적인 요가 자세"이고, "절은 심신이 일치되어야 몸에도 좋고 마음에도 좋다."라고 말하며 "절을 빨리하려고 하지 말고 정신을 집중해야 한다."라고 했다. 절을 할 때 똑바로 선 후 엎드려야 한다고 강조하여 이 동작만은 오늘날까지 잘 지키며 절을 하고 있다.

108배를 할 때 숫자를 헤아려 가며 한다. 엎드릴 때 과거 업보를 참회하고, 친인척과 인연이 있는 분 이름을 뇌이며 건강이나 극락왕생을 기원하고 일어난다.

2013년 티베트에 갔을 때 복잡한 도로에서 삼보일배(三步一拜)를 하는 승려를 보았다. 티베트 현지인은 삼보일배를 하는 스님에게 시선을 주지 않았지만 우리 일행은 스님의 삼보일배를 관심 있게 보았다.

티베트 절 동작은 우리와 다소 차이가 난다. 몸을 굽혀 엎드리는 동작은 같으나 배와 가슴까지 땅에 대어 절을 한다. 우리가 하는 절을 오체투지(五體投地)라 한다면 티베트 절은 육신투지(六身投地)라고 해도 무방하다고 여겼다.

티베트 사원에 들려 그들이 절하는 방식으로 따라 해 보니 우리가 하는 절보다 힘이 더 들었다. 우리 일행은 고도가 높은 지역이기에 고산병으로 걷기조차 힘들었는데, 스님과 신도들은 아무렇지 않은 듯 육신투지를 계속하였다.

지금은 108배가 하루 생활 중 빠져서는 안 되는 중요한 일과가 되었고, 심신 건강에 도움이 된다고 믿고 있다. 20여 년간 오장육부(五臟六腑)에 아무 문제없이 건강을 유지하고 있다. 운동을 하거나 일을 할 때 간혹 넘어지거나 부딪혀도 다치지 않았다.

절을 하면 성격도 어느 정도 교정이 가능하다고 믿게 되었다. 급한 성격이 다소 완화되었고 무슨 일을 하더라도 싫증을 내지 않고 지속하는 힘이 생겼다.

절을 하면 하심(下心)이 생긴다고 하는데 일리가 있다고 여기었다. 사람을 대할 때 분별하거나 차별하는 마음이 없어지고, 상대로부터 거슬리는 언행을 접해도 언짢은 마음이 생기지 않았다. 하심은 자신을 낮춤으로 자연스럽게 상대방을 높이게 되어 서로 간 다툼이나 갈등이 일어나지 않게 된다.

108배를 마치고 나면 무거웠던 몸이 가벼워지고 정신이 개운해진다. 자신의 몸을 유연하게 하고 마음의 평정을 유지하는 데 효과가 있다고 확신하고 있다.

언제부터인지 몰라도 108배 예찬론자가 되었다. 절하는 동작과 모습은 인도 요가의 기본동작으로 신체 건강에 좋고 하심을 하게 되어 정신 수양이 된다고 강조하며 주변 사람들에게 권하고 있다. 불교신자가 아닌 경우 운동으로 여기고 108배를 해 보라고 권하고 있다.

108배가 다이어트와 건강에 좋다는 방송도 보았고, 108배 장점에 대한 글도 가끔 접했다. 몸이 허약하거나 질환을 앓았던 사람에게 108배를 매일 하면 건강을 회복할 수 있다고 권해도 실천하지 않아 안타까운 마음이 들었다.

108배는 몸과 마음의 건강을 유지하는 최고의 보약이라고 여긴다. 몸이 허락하는 한 계속하리라 다짐하며, 질환을 앓았거나 운동량이 부족한 사람에게 108배가 매우 좋은 운동의 한 방법임을 널리 알려져 종교를 떠나 108배를 하는 사람이 많았으면 좋겠다.

20년 전 보살의 단명상과 108배를 떠올리며, 108배 덕분에 심신 건강을 유지해 왔기에 보살에 대한 고마운 마음 깊이 간직하고 있다.

* 2002. 03. 21. 108배를 시작하여 2021. 03. 21. 20년째 접어듦.

징사 남명(徵士 南冥)

열 차례 이상 조정에서 벼슬을 제수했지만 출사(出仕)하지 않고, 초야에 후학을 가르치며 보낸 대쪽 같은 징사,

하늘 가까운 지리산에 반해 천왕봉 아래 덕천동에 산천재(山天齋) 짓고 후학 가르친 조선 최고의 선비,

벼슬 마다하며 국정 난맥상을 질책하며 올린 단성소(丹城疏), 450여 년 세월 흘러 능력과 품성이 모자라고 나라와 백성은 안중에 없이 권력과 벼슬을 탐하는 정치 모리배를 꾸짖는 죽비(竹篦),

도포 자락 휘날리며 걸음마다 울리는 성성자(惺惺子) 방울 소리, 제자들과 검술 펼치며 번득이는 경의검(敬義劍) 상상하며 오른 남명 누운 자리,

경(敬), 의(義) 두 글자는 매우 절실하고 중요하니 힘써 익혀야 한다는 선생의 유훈(遺訓),

대유학자 남명 선생 누운 자리 적시는 가을비,

천왕봉 타고 내리는 솔바람에 흩날리는 빗줄기, 500여 년 세월 흔적 새겨진 비문(碑門) 흘러내리며 젖어 드는 무상,

남명 선생 사후 임진왜란이 일어나자 남명 제자들이 의병장으로 활약하며 위기에 처한 나라를 구하였으니,

사후 큰 보람을 느끼며 기뻐했으리라.

　나라와 백성을 최우선시하는 경의 사상 면면이 이어져, 불의에 항거하는 정신으로 승화되어 오늘에 이르고 있으니,

　어찌 뿌듯해하지 않겠는가.

　남명 선비 정신을 기리기 위해 해마다 열리는 산천재시화전, 시의 향기 울긋불긋 물들이며 문사 들락거리는 산천재 정경(情景) 내려다보며,

　홀로 누워 있어도 외로울 틈 있으랴.

* 징사(徵士): 조정에서 벼슬 제수해도 출사하지 않은 선비.

** 남명 조식(曺植 1501~1572): 경상좌도 대학자 이황과 함께 경상우도를 대표하는 조선 중기의 대유학자.

*** 2021. 10.─16. 제11회 산천재시화전.

방사능오염수(放射能汚染水)

인접 국가의 우려에도 일본 원자력 규제위원회가 후쿠시마 원전 방사능 오염수 해양 방류 계획을 인가하여 내년 봄부터 바다 방류 결정,

1년간 오염수 방류량도 엄청난데 10년이 걸릴지 20년이 걸릴지 정해진 기한 없이 오랫동안 바다에 방류하면 방사능오염이 심각한 상황,

전 세계 원전에서 삼중수소가 포함된 원전 폐수를 방류하는데, 한국과 중국이 후쿠시마 원전 폐수에 이의를 제기하며 트집을 잡는다는 일본의 비판,

연료봉이 녹아내린 멜트다운 사고에 의한 원전 폐수에는 삼중수소 외 스트론튬 90, 세슘 137 등 인체에 해로운 방사성물질이 들어 있다는 사실을 숨기기 위한 왜곡된 주장,

일본 정부는 원전 폐수가 국제 안전기준에 부합하고, 마실 수 있을 정도로 정화가 되었다고 주장하면서 농업용수나 공업용수로 활용하지 않고 굳이 바다 방류를 고집,

지식과 설비를 동원하기는커녕 정화 비용이 적게 드는 바다 방류를 택한 일본 원자력 규제위원회, 바다 생태계 오염을 고려하지 않는 무책임의 극치,

원폭 피해 국가임을 내세워 왔던 일본이 후쿠시마 원전 사고를 낸 후에도, 방사능오염수 방류 방침을 발표하면서 자국민과 주변 국가에 대하여 사과하거나 바다 오염에 대한 책임을 표명하지 않는 후안무치한 행태,

우리 정부 유관 기관마저 강력한 유감 표명이 나오지 않고, 다른 나라는 물론 우리나라 언론마저 잠잠한 현실,

연유가 무언지.

수십만 톤의 방사능오염수를 방류 종료 기한을 정하지 않고 수십 년간 계속하여 방류하면, 플랑크톤과 해조(海藻), 크고 작은 어류에 이르기까지 방사능오염으로 재앙을 초래할 사태,

일본 바다와 맞닿아 있는 우리나라 바다 오염을 어떻게 대처해야 할지.

내년부터 식탁 위 바다생선과 김 미역 등 해조류를 들며 찝찝해할 처지.

* 스트론튬 90 : 핵분열에 의해 생성되는 스트론튬의 방사성 동위원소. Sr 90은 화학적 성질이 칼슘과 유사해서 식물이나 체내에 흡수되어 뼈에 모인 채 좀처럼 몸 밖으로 배출되지 않아 골수암과 백혈병과 같은 병에 걸리게 되고 유전적 돌연변이 등 동식물에 악영향을 끼침.

** 세슘 137 : 원소 세슘 Cs의 동위원소의 하나로 137은 질량수를 나타냄. 방출된 방사성 세슘은 먹이사슬을 따라 쌀, 야채, 쇠고기, 생선 등의 동식물에 들어가, 인체로 자연스럽게 전달되어 불임증, 전신마비, 골수암, 폐암, 갑상선암, 유방암 등을 유발함.

*** 2022. 07. 22. 일본 원자력 규제위원회 도쿄 전력의 '오염수 해양 방출 설계·운용 관련 실시 계획' 인가.

이 강 제 편

- 비 내리는 설국雪國
- 청계천을 걸으며

목숨을 바쳐 나라를 지킨 선현들의 '진주정신'

— 최인호(시인, 언론인) —

너무나 진주스러운, 맑고 높고 카랑카랑한 소설

— 이상국(작가, 아주경제 논설실장) —

이 강 제

나는 어떤 글을 쓰고 싶었을까. 애초에 나는 사회개혁을 위한 격문을 지은 일도 없고 부조리한 사회문제를 정면으로 파헤치는 치열함도 가진 적이 없었다. 나는 글쓰기를 바람피우는 것처럼, 연애하는 것처럼 그 소맷자락을 그저 오랫동안 붙잡고 있었을 뿐이다.

— 소설《진주》에서 작가의 말 중 일부 —

1958년 진주에서 태어났다. 건축공학과 졸업, 부산대학교 대학원 공학박사. 부산대, 경남대, 경상대에서 강의. 현 (주)도시미래종합기술공사 대표. 2019년 〈문학사상〉을 통해 장편《진주》를 발표.

비 내리는 설국雪國

1.
"국경의 긴 터널을 빠져 나오자 설국이었다. 밤의 밑바닥이 하얘졌다."

가와바타 야스나리의 소설《설국》의 첫 대목처럼 '공항을 빠져나오니 온 시가지가 폭설에 뒤덮여 있었다⋯⋯.' 이런 광경을 꿈꾼 게 사실이다. 하지만 삿포로의 신치토세 공항을 빠져나오니 부드러운 바람이 불어와 안긴다. 며칠 전 눈 폭탄이 내렸다고 했지만 날씨는 믿을 수 없을 만큼 포근했다. 사실 가와바타의《설국》은 삿포로가 아니라 일본 중서부에 위치한 니카타의 유자와湯澤 온천이 그 무대. 하늘에서 눈이 펑펑 쏟아질 때 노천 온천에서 즐기는 목욕. 그게 백미다. 니카타는 삿포로에서 한참 아래쪽인 혼슈의 서쪽에 위치한 지역이다. 니카타가 서울과 비슷한 위도에 위치한 곳인 데 비해 북해도의 삿포로는 블라디보스토크과 위도가 비슷할 정도로 북쪽의 한대지방이다. 그런데 이렇게 포근하다니.

소설에서 가와바타가 '국경'이라 말한 것은 섬나라 일본이 그때까지만 해도 수없이 많은 다이묘의 영토로 쪼개져 있었기 때문이다. 근데 사실 우리야말로 국경을 넘어 먹구름 가득한 하늘을 빠져나와 북해도에 왔지만 설국은 없었다. 공항 근처 골프장 잔디밭의 녹색이 싱그럽기까지 했다.

설국의 주인공은 돈 많은 놈팡이다. 금수저로 태어난 덕분에 무위도식하며 여행이나 즐기는 팔자 좋은 남자다. 게이샤인 고마코는 그를 보자마자 대책 없이 좋아한다. 그러나 놈팡이 시마무라는 그녀에게서 순수한 호감을 느끼지만 가볍게 엔조이하는 대상으로 그녀를 대하고 싶지 않다는 혼란스러운 감정에 휩싸인다. 좋은데 쉽게 일회성으로 좋아하고 끝내고 싶지는 않다는 감정이다. 그렇다고 게이샤하고 백년가약을 맺을 수는 없다는 생각도 있었을 테고. 소설 속에서 그들은 세 번을 만나지만, 손님과 접대부의 관계도 아니고, 연인도 아닌 어정쩡한 관계로 끝나 버린다. 그냥 허무하다. 온 세상을 마법의 나라로 만드는 흰 눈이 녹아 질척이는 진창이 되어 버리는 것처럼.

단언컨대 소설 자체는 별 재미가 없다. 이런 소설로 어찌 노벨문학상을 받았나 싶을 만큼. 하기야 팝송 가수인 밥 딜런도 받는 상인데 동양에서 가장 구라파를 닮고 싶어 안달하는 일본의 소설가에게 주지 말란 법도 없다. 안쓰러워서, 또는 노벨상은 인종과 국적에 관계없이 준다는 것을 증명하기 위해서라도 말이다.

우리나라는 인고와 한의 문화다. 수천 년 동안 온갖 외세의 침략 앞에서 굴욕과 핍박을 참아 가며 목숨을 이어 왔던 까닭이다. 엄동설한의 눈 속에 피어난 한 떨기 매화꽃, 끈질기게 바위틈에 자리 잡고 한겨울에도 푸르름을 잃지 않는 소나무가 우리 자연미의 극치다.

일본은 사쿠라, 벚꽃의 나라다. 일시에 눈송이처럼 하얀 꽃망울을 터뜨렸다가 하늘이 무너지듯, 폭설이 내리는 것처럼 꽃이 지는 그 순간의 절정미를 탐닉하는 문화다. 일본에는 삼세판이 없다. 단칼 승부다. 남자는 대의大義 앞에서 죽는 한이 있어도 적당히 타협하지 않는다. 여자는 사랑에 빠질 때 흰 눈 위의 붉은 피처럼 선명한 색깔을 드러낸다. 그래서 한국은 선의 미학을, 일본은 색의 미학을 추구한다고 한다. 일본에서 색의 극치는 하얀 눈 위에 뿌려지는 붉은 선혈이다. 일장기처럼.

2.
삿포로에서는 2월에 눈 축제가 열린다. 우리는 아직 설국에 입국하지 못했다. 설국 삿포로의 비자는 해마다 2월이 되어야만 나오는 셈이다. 삿포로의 한자는 편지 찰(札), 휘장 황(幌)이다. 원래 원주민이었던 아이누족의 말로 지어진 이름이다. '건조하고 넓은 땅'이라는 뜻이라는데 연상이 잘 안 된다.

저녁답부터 이슬비 혹은 가랑비가 내린다. 부슬부슬 내리는 비를 두고 '비가 오니 좀 더 있으라'고 해서 이슬비, '비가 오니 빨리 가라'고 해서 가랑비라고 달리 말한다는 누군가의 얘기도 있다. 삿포로는 나에게 괜히 나대지 말고 호텔에 좀 더 있으라고 하는 것일까. 아니면 뭔가 잊지 못할 추억을 준비하고 있으니 빨리 가 보라는 것일까.

오후 5시가 조금 지났을 뿐인데 시가지는 한밤중이나 마찬가지로 어두웠다. 우리나라와 같은 시간대를 쓰고 있긴 하지만, 서울을 기준으로 했을 때 한 시간 이상 빠르다고 봐야 한다. 밤이 그만큼 빨리 찾아드는 셈이다. 삿포로는 일본의 대도시 중 가장 늦게 개발된 도시다. 그 덕에 시가지는 전형적인 식민지 도시계획 수법처럼 질서 정연한 격자형 가로망으로 짜여 있다. 일본에서 인구가 네 번째로 많은 도시인데, 200만 명이 좀 못 된다. 우리나라 대전보다 조금 더 많은 인구다.

삿포로의 명물이라고 하는 시계탑이 보인다. 에펠탑과 비슷한 양식이지만 세련미는 많이 떨어진다. 그러나 1881년에 설치된 일본 최초의 시계탑이라고 해서 삿포로의 사랑받는 랜드마크가 된 지 오래라고 한다. 도쿄에도 이런 에펠탑 아류의 도쿄 타워가 있는데, 그 높이가 에펠탑보다 9미터 더 높은 333미터라고 자랑하지만, 에펠탑은 파리에 있는 단 하나의 탑만으로 그 존재 이유는 이미 충분하다. 도쿄 타워는 좀 더 다른 모습으로 그 존재 이유를 찾아야 했다.

〈삿포로 시내〉

삿포로 시가지를 동서로 가로지르는 약 2킬로 길이의 오도리공원은 미국 워싱턴 D.C.의 내셔널 몰(National Mall)과 비슷한 느낌이 든다. D.C.의 경우 몰의 단부(Terminal)가 국회의사당과 링컨 기념관이고 그 중간 위치에 오벨리스크가 서 있는데, 삿포로 오도리 공원의 경우 시계탑이 그 오벨리스크의 기능을 하는 셈이다. 오도리 공원에는 눈 축제 때 얼음조각들과 어울려 관광객을 매혹시키는 각종 네온사인이 곳곳에 설치되어 있어 눈 구경을 하지 못하는 아쉬움을 조금이나마 달래 주었다.

호텔에서 빌려준 비닐우산을 쓰고 오도리 공원을 빠져나와 소세이가와 거리 동측에 위치한 니조二條시장의 골목 안으로 건들건들 들어가 본다. 원래 시장 주변의 술집이 가장 서민적인 그 동네의 정취를 느낄 수 있는 법이다. 니조시장은 백 년도 훨씬 넘는 역사를 가진 시장이다. 1903년에 작은 생선 가게 하나로 시작해 오늘까지 존속해 있다고 한다. 우리나라로 치면 작은 어시장쯤 되는데, 각종 어패류와 건어물, 게, 문어 같은 것들을 판다.
내가 처음 일본에 온 것이 1993년이니 벌써 23년 전이다. 그때는 일본 물가가 우리나라보다 최소 3배 이상은 됐던 것으로 기억하는데 지금은 거의 비슷해진 것 같다. 그렇지만 게 다리 두어 개에 3만 원, 5만 원 하는 걸 보면 결코 싸다고 덥석 물건을 집어 들 정도는 아닌 것 같다.
니조시장 옆 골목으로 들어가 본다. 대여섯 개의 선술집이 있는데 일행 여섯 명이 다 함께 들어가기엔 하나같이 너무 비좁다. 작아도 너무 작은 술집. 사실 이런 규모의 술집이 우리나라 서울에선 찾기 힘들다. 퇴근 후에 들러 주모와 이런저런 얘기를 나누며 혼자서 소주 한잔할 수 있는 그런 술집 말이다. 강남엔 양주를 파는 바가 있긴 하지만, 주모라기엔 너무 어린 여자애들이 대부분이다. 또 우리나라 사람들 속성이 잔술 문화에 익숙지 않아 한두 잔 마시고 술병을 키핑해 두고 자주 찾기도 쉽지 않고, 혼자서 양주 한 병 해치우기엔 가격도 너무 비싸다. 결정적으로 혼자서 술 마시려고 들어오는 사람 자체가 흔치 않다. 무슨 사연이 있는 사람으로 오해받거나 알코올중독자 취급을 당하지 않으면 다행이다. 하지만 일본인들은 우리처럼 술을 그리 많이 마시진 않는다. 벌컥벌컥보다는 홀짝홀짝에 가깝고, 또 그것보다는 홀찌락 홀찌락 마시는 편이다. 두어 군데 술집엘 들어섰다가 자리가 없다는 말에 멋쩍게 물러나곤 했다. 빈자리가 있어도 이미 예약되어 있다고 고개를 젓는다. 많은 사람을 한꺼번에 받고 싶지 않아하는 눈치다.

그러다가 그중 한 술집으로 들어갔다. 노신사 한 사람과 역시 나이가 꽤 많은 주모가 단란(?)하게 앉아 정담을 나누는 분위기를 우리가 깨뜨려 버린 것 같아 미안했다. 스미마셍을 몇 번 날려 주었다. 작은 술집에서 혼자 술 마시다 여러 명의 손님들이 한꺼번에 들이닥치면 그만 일어서고 싶을 것인데 다행히 그는 그럭저럭 견딜 만한가 보았다.

서툰 일본어로 주문을 하는 우리에게 타이완 사람이냐고 묻는다. 생각해 보니 그럴 만했다. 열대기후에 가까운 대만 사람들이 눈 구경을 하고 싶으면 어디로 가고 싶을까. 겨울 왕국이라는 삿포로의 눈 축제, 눈 구경을 하기 힘든 대만 사람들에겐 꽤 매력적인 단체 관광지가 될 만했다. 그가 명함을 건넸다. 삿포로 낙농학원대학 명예교수로 대곡大谷(오타니)이라는 성인지, 이름인지를 가진 사람이었다. 한때 학장을 지냈다고 하는데 아마 우리나라로 치면 석좌교수쯤 되는 것 같았다. 연식이 더 오래된 그나, 조금은 젊은 편인 나나 영어로 소통하는 것도 쉽지 않았다. 단지 인사말 몇 마디만 나누고 술 마시기에 열중했다. 뒷병들이 일본 사케를 하나 시켜서 데워 달라고 한 뒤 안주도 없이 연거푸 몇 잔을 들이켰다.

화장실에 다녀오려고 술집 문을 열고 나왔다. 그래도 밤이라 조금은 공기가 서늘했다. 미처 예상치 못한 포근한 날씨, 더구나 술집 안에는 석유곤로까지 피워 놓고 있어서 얼굴에 땀이 날 지경이었다. 볼일을 보고 다시 술집 안으로 들어서려고 하는데 아까 그 일본인 교수가 문을 열고 나온다. 반백의 머리칼, 이마의 굵은 주름이 깊은 연륜을 느끼게 했다. 그가 내게 말했다.

— Ah, Lee sang. Do you know Hayako?
— Hayako? Who is he, ah, woman?
— Haha, Yes. She's very pretty girl. Did you heard 〈A bowl of gageshova〉 story?
— 〈A bowl of gageshova〉······nuddle?
— Yes. That's right.
— I read that novel. I heard 〈A bowl of gageshova〉 story.

가께소바라는 말이 뭔지 퍼뜩 이해가 안 되어 그를 빤하게 쳐다보다가 소바가 국수 아닌가 싶어 물어봤더니 맞단다. 국수, 아니 〈우동 한 그릇〉이라면 나도 아는 소설 얘기다. 몇 십 년 전 섣달그믐날 밤, 삿포로의 어느 우동집에 마지막 손님으로 들어온 엄마와 아이 둘, 그 세 사람이 우동 한 그릇을 주문했다. 일본에서는 섣달그믐날 우동을 먹는 풍습이 있는데, 아마도 돈이 부족해서 세 명이서 우동 한 그릇을 시켜 나눠 먹으려는 모양이었다. 마음이 여린 주인은 평소보다 훨씬 넉넉한 양의 우동을 말아서 내주었고, 세 모자는 그 우동을 아주 다정스럽게 나눠 먹었다. 그리고 그다음 해 같은 날, 역시 그 아이 둘과 엄마가 다시 그 식당을 찾아왔고 또 우동 한 그릇을 주문했다. 주인은 거의 두 그릇 정도 되는 양으로 우동을 말아 차려 주었고 이번에도 그들은 아주 맛있게 우동을 먹었다. 그리고 그다음 해 섣달그믐날, 주인은 200엔으로 오른 우동 메뉴판을 예전처럼 150엔짜리로 바꿔 걸고 그 모자가 앉았던 자리를 예약석으로 비워 두고 그들을 기다린다. 역시 같은 시간에 나타난 세 모자, 형은 중학생이 되었고 동생은 형의 옷을 물려받아 입은 차림새다. 그들은 이번에는 우동 두 그릇을 주문했고 주인은 거의 세 그릇 정도 되는 양을 두 그릇에 나눠 담아 차려 내준다. 우동집 주인은 해마다 섣달그믐날엔 그 테이블을 예약석으로 비워 두고 그들을 기다렸지만 더 이상 그들은 다시 오지 않았다. 그리고 14년의 세월이 흐른 어느 해 섣달그믐날, 그 세 모자가 다시 찾아왔다. 이번에는 우동 세 그릇을 시킨다. 의젓하게 자란 형은 의사가 되었고, 동생은 은행원이 되었다고 했다. 아버지가 사고로 일찍 돌아가시고 난 뒤 세 모자가 매우 어렵게 살던 시절, 그 가게에서 먹었던 우동 한 그릇의 따뜻한 온기 덕분에 용기를 잃지 않고 그동안의 힘든 세월을 이겨 냈노라고……

그 소설은 당시 일본열도의 국민들을 눈물바다에 빠뜨렸다. 힘든 시절, 눈물 젖은 빵을 먹었던 시절의 이야기만큼 공감이 쉽게 가는 이야기가 어디 흔하랴. 그건 그렇고 하야코를 아느냐고 하더니, 난데없이 왜 〈우동 한 그릇〉이라는 소설 이야기를 들어 봤느냐고 묻는 것일까?

— Hayako is the heroine of the story. What's your skedule(schedule) of tomorrow?
— Heroine? Tomorrow, We'll visit Otaru and Hoheykyo hot spring.
— Hmm. You could meet her, there.

— At Otaru? How could I meet her?

— Haha, You'll see that.

그는 한바탕 활짝 웃으면서 나와 악수를 나눈 뒤 코트 깃을 세우고 골목을 빠져나갔다. 하야코라는 여자가 그 〈우동 한 그릇〉의 여주인공이라고? 내일 우리가 가는 오타루나 호헤이쿄 온천에서 그녀를 만나게 될 거라고? 그의 뒷모습을 멍하니 바라보고 있던 나는 핸드폰을 꺼내 '우동 한 그릇'을 검색해 보았지만, 당연히 아이 둘을 데리고 온 여자의 이름은 없었다. 하야코……, 술이 취한 탓인지 뭐가 뭔지 모를 정도로 어리둥절해졌다. 다시 술집 안으로 들어서니 사케 한 병을 다 비운 일행들은 삿포로 맥주를 더 시켜서 마시고 있었다.

3.

오타루小樽는 '작은 술통'이라는 이름을 가진 도시다. 11월부터 시작해 이듬해 4월까지 많은 눈이 내리는 도시라 한다. 왜 도시 이름을 술통이라 불렀을까, 술꾼다운 흥미를 가졌지만, 그게 아이누족의 말을 잘못 음차한 것이라 별 뜻이 없다는 사실에 김이 새어 버렸다. 오타루에서도 눈 축제가 열린다는데, 눈이 쌓인 거리를 14만 개의 촛불로 밝힌다는 '오타루 스노우 캔들'이 유명하다고 하며 화물 하역을 위해 건설된 운하의 수면 위에 수백 개의 촛불을 띄우는 유등 행사도 한단다.

그러나 어쩌랴. 며칠 전에 내린 눈은 이미 다 녹았고, 우리가 여기 머물 수 있는 시간은 겨우 3시간 정도밖에 안 되는 일정이라 야경은 볼 수도 없는 것을. 3만여 점에 달하는 세계 각국의 오르골을 전시 판매한다는 오르골당을 들러 주마간산으로 구경하고 오타루 시가지를 느릿느릿 걸어 와라쿠 초밥집에서 일본의 명물인 회전 초밥을 먹었다. 식사의 컨베이어벨트화……. 컨베이어벨트는 당초 대량생산을 위한 수단이었지만, 밥상에 그것이 설치됨으로써 먹을까 말까 갈등을 대량생산 하는 기제가 된 것 같다. 실컷 먹고도 뭔가 아쉬운 듯한 여운을 갖게 만드는 밥상의 자동 공정화, 일인당 2,000엔씩 할당된 식사비가 충분하다고 생각한 사람은 얼마나 될까.

와라쿠에서 나와 길을 건너 조금 걸으니 오타루 운하가 보였다. 강과 운하가 다른 점은 모래톱이 없고, 물의 흐름이 필연적이기 보다는 선택적이라는 점이라고나 할까. 조망이 훌륭했다. 사진 찍기 좋은 장소.

그러나 나는 주변을 두리번거리며 오고 가는 여인들을 유심히 살펴보느라 그 풍경이 눈에 잘 들어오지 않았다. 하야코……, 소설 내용으로 봐서는 이미 나이가 60대에 접어든 중년 여인일 텐데, 어제 만났던 대곡 교수는 '프리티 걸'이라고 하질 않았던가. 남편을 일찍 여의고 아들 둘을 키우며 갖은 고생을 다 했을 그녀에게 귀여운 여인이라는 호칭이 가당키나 한 일이던가. 하지만, 짐작 가는 얼굴은 도무지 보이지 않았다. 오타루가 아니었던가. 오후에 가게 될 호헤이쿄 온천일지도 모른다. 근데, 그는 왜 내가 하야코라는 그 여인을 알아볼 거라고 생각했던 것일까. 내가 그의 말을 잘못 이해한 것일까. 하야코라는 이름의 여인을 한번 찾아보라고 한 것일까. 하지만, 누구에게, 어떻게 물어본단 말인가. 아무래도 내가 술김에 뭔가 잘못 들은 것임에 틀림없었다.

〈오타루 운하〉

운하의 끝은 뿌우연 소실점이었다. 길이가 불과 1.4킬로밖에 안 되는 운하라고 했는데 그 끝은 천리 밖이나 되는 것처럼 아득했다. 시퍼런 물결은 잠잠하고 아스라한 깊이를 꼭꼭 눌러 묻어 두고 있는 듯했다.

삿포로역으로 돌아가는 오후 1시 기차를 타려고 했지만 오타루 시내 곳곳에 뿔뿔이 흩어진 일행들이 다 모였을 때는 이미 시간이 너무 촉박했다. 다음 기차를 타기로 했다. 노천 온천의 성지 일본에 와서 목욕을 안 할 수 없다는 생각으로 도시 외곽의 온천을 가 보기로 했는데, 일본의 온천은 대개 1박 2일 코스가 대부분이라 숙박을 해야만 하는 곳이 일반적인데 자동차 없이 송영 버스를 이용하여 당일치기로 온천욕을 즐길 수 있는 곳 중에서 호헤이쿄 온천이 일본 국내에서 1위로 꼽는 곳이라 한다. 노천 온천 주변의 아주 멋진 경치와 가까이에 위치한 미국의 후버댐을 닮은 호헤이쿄 댐도 구경할 수 있다고 한다. 2박 3일의 짧은 여정 관계상 오타루 시내에서의 좀 더 다양한 관광 일정을 생략하고 서둘러 삿포로역으로 돌아가는 이유이기도 하다.

관광버스가 아닌 일반 대중교통을 이용한 자유 관광이 그나마 편리한 곳이 일본이다. 1일 패스권을 끊으면 JR을 자유롭게 이용할 수도 있고 버스와 연계되는 승차권도 있다. 표지판에도 한글이 적혀 있어 대충 지도만 보면 쉽게 찾아갈 수 있다. 삿포로역까지 돌아오는 시간은 1시간이 좀 덜 걸렸다. 그런데, 이럴 수가. 총무 겸 가이드를 맡긴 이 주임과 김서희 사원이 매표구에서 확인해 본 바 호헤이쿄행 송영 버스는 이미 어제 모두 매진이 되어 갈 수가 없다는 것이었다. 주말이고, 일본인들도 좋아하는 온천이라 일시에 이용객이 몰리면 자주 이런 매진 사태가 일어난다는 거였다. 온천을 못 간다는 건 그렇다 쳐도 하야코는 어떻게 만난단 말인가. 도대체 그 대곡 교수는 왜 나더러 하야코를 만나라고 했을까.

4.

첫날 밤 너무 달렸던 탓일까. 어젯밤은 어렵게 찾아간 스스키노거리의 술집에서 간단하게 맥주 한잔하고 온 뒤 곧바로 곯아떨어져 버렸다. 하루 종일 하야코가 어떤 여인이길래 천리만리 떨어진 타국에 와서 얼굴도 모르는 여인을 만나게 될 거라고 대곡이 말해 줬던 것일까. 그런저런 생각에 묘한 설렘을 가졌던 것이 어이없기도 하고 술에 취해서 아무래도 헛소리를 들었다 생각하니 스스로에게 짜증도 치밀어 만사가 다 귀찮게 생각되던 거였다.

마지막 날 일정은 공항 가는 기차를 타기 전까지 여유 시간을 모두 자유 일정으로 돌렸다. 일부는 삿포로 팩토리에 가서 쇼핑을 한다고 하고, 몇몇은 호텔에서 늦게까지 자고 일어나 시내 관광이나 하기로 했다. 연이틀 하루에 이만 보 이상 걸었던 탓에 종아리가 아프기도 했지만, 외국의 어느 도시에 가서 그 도시를 가장 잘 체험하는 방법은 끊임없이 구석구석 걸어 보는 것만큼 좋은 게 없다. 물론 사람마다 방법론의 차이는 있겠지만.

일본 각지에서 온 관광객들이 눈에 띄게 많았다. 무슨 행사를 하는 것인지 도로까지 차단하고 수없이 몰려든 인파를 정리하는 교통경찰들의 손짓이 바빠졌다. 어제 갔던 니조시장도 다시 가 보고, 미나미죠 거리를 거쳐 홋카이도 청사 앞까지 가서 가까스로 커피 마실 만한 곳을 찾아가 모닝커피 한잔하고, 곧바로 같은 건물 내에 있는 식당을 찾아가 점심 식사를 했다. 총무를 맡은 젊은 친구 둘이 너무 일 처리를 잘해 줘서 일본에 와서 자신은 전혀 고민할 필요가 없었다는 박 전무와 맥주 한잔을 하면서 얘기했다.

— 사실은 어제 오타루에 가서 하야코라는 여자를 만났어야 했는데…….
— 그게 누군데요?
— 엊그제 술집에서 만났던 그 대곡 교수가 오타루나 호헤이쿄 온천에 가면 자연스레 만날 수 있을 거라고 했거든. 그 사람이 어떤 여자인지 나도 모르지만. 〈우동 한 그릇〉이라는 소설에 나오는 여자 같기도 하고.
— 하야코라…….

― 아무래도 내가 그날 술에 취해서 잘못 들었나봐. 큭큭.

― 인터넷에 박정희 대통령의 일본식 이름이 다카키 마사오라고 나오던

데요. 또 그 딸인 박근혜 대통령더러…….

― 박근혜 대통령?

― 아, 예. 흐흣. 하야코라고 해서 그냥 생각난 건데, 박근혜는 일본식으

로 말해서 '하야하라 꼬끼오'라 하더군요. 왜 젊은 애들이 박근혜를 닭

그네라고들 하잖아요.

피식 웃음이 나다 말고 언뜻 그런 생각이 들었다. 박정희 대통령의 시대
는 말하자면, '우동 한 그릇'의 시대였다. 그런데 부모를 모두 총탄에 잃고
결코 평범할 수 없는 세월을 혼자 된 몸으로 꼭꼭 숨어서 살아왔던 박근혜
라는 여인은 우리에게 어떤 존재일까, 하는 생각이. 왜 그렇게 말도 안 되
는 비선 조직에 기대어 국정을 소꿉장난하듯이 해 왔을까 싶은 생각…….

아, 그러고 보니 대곡 교수가 말했던 〈우동 한 그릇〉 속의 여인이 하야코
라면, 그건 특정한 어느 한 개인을 두고 한 말이 아닐지도 모르는 일이었
다. 따지고 보면 우동 한 그릇을 자식 둘과 셋이서 나눠 먹어야 했던 그 어
려운 시절을 살아왔던 여인네들 한 사람, 한 사람이 모두 그 소설의 주인공
이 아니겠는가 싶은 생각도 들었다. 오타루나 호헤이쿄 온천 같은 관광지
에서 흔히 볼 수 있는 늙수그레한 여인들 누구라도 하야코일 수가 있는 셈
이다. 그럼 박근혜는 뭐지? 그 우동을 자식들과 함께 나눠 먹지 못한, 결코
평범할 수 없었던, 오히려 불행한 쪽에 가까웠던 한 여인이리라. 그런 그
녀에게 이 나라의 국정을 맡겼던 유권자들의 기대라는 것도 사실 뜬금없
지만, 이해 못 할 바는 아니었다.

독재자라는 오명을 벗을 수는 없었지만, 우리가 가난의 질곡에서 벗어날 수 있도록 강력한 리더십을 보여 주었던 아버지 박정희, 그의 딸로 태어나 일찍이 퍼스트레이디의 역할까지 맡았던 그녀는 민주화 이후 다시 한 번 선진국으로의 도약을 실현시키는 제2의 박정희가 되어 달라는 기대를 등에 업었을 것이다. 하지만, 그녀는 〈우동 한 그릇〉의 어머니가 아니었다. 그녀는 결코 강하지 못했다. 그녀 역시 한 사람의 여자였고, 특별한 성장과정을 거쳤지만 누군가에게는 대책 없이 무한정 기대고 싶어 하는 연약한 심성의 소유자였을 뿐이었다. 그리고 결국 어이없는 일이 연속으로 일어나고야 말았다. 단죄의 목소리는 필요하다. 그러나 날이면 날마다 마녀사냥질의 재미에 빠져 네 죽고 나 죽자는 식으로 막 가기보다는 좀 더 냉정하게 처신들을 했으면 좋겠다. 탄핵할 건 탄핵하고, 죄가 있으면 벌을 받게 하되 박근혜를 찍은 인간들 때문에 나라를 망쳤다는 식의, 국민 과반수에 대한 저주를 밑천 삼아 한자리 해 보겠다는 생각들일랑 제발 좀 버리고, 진짜 나라를 위하는 모습을 좀 보여 줬으면 좋겠다, 다들. 박근혜 그녀가 하야꼬이든 아니든.

청계천을 걸으며

1.

고교 동창 친구가 먼저 걸어 봤다는 정릉천(성북천)―청계천 구간을 새로운 산책 코스로 삼아 걸어 보았다. 성북구청에서 청계천 시점까지 거슬러 올라가는 길은 대충 7㎞ 정도인데 정비도 잘되어 있고 무엇보다 서울 도심 한가운데를 흐르는 청계천을 따라 걷는 길이라서 매우 쾌적하고, 시내 가서 술 한잔 마시고 술도 깰 겸 돌아오는 길에 걸으면 딱 좋겠다는 생각이 절로 들었다. 근데, 비가 부슬부슬 내리는 청계천에는 웬 외국인들이 그렇게나 많던지. 서구 쪽에서 온 듯한 고삐리들이 한 스무 명 다리 밑에 모여 앉아 낄낄거리고 있었고 가족 단위로 나온 외국인 가족이 꽤 많이 눈에 띄었다.

2.

내가 대학 교단을 떠나 사회로 나온 뒤 석박사 학위보다 더 필요한 기술사를 따기 위해 뒤늦게 시험을 치렀을 때, 마침 도시계획기술사 시험의 주관식 문제에 '이명박의 청계천복원사업에 대한 도시계획적인 고찰'을 묻는 문항이 있었다. 그때까지만 해도 지방에 사는 관계로 청계천이 어떻게 생겨 먹었는지도 잘 모르는 상태에 있던 나로서는 세 가지 정도의 측면을 들어 비판적으로 기술했다.

1) 청계천을 복원하려면 자연 하천 상태인 청계천 본래 모습을 복원해야지 어중간하게 중간에서부터, 그것도 한강 물을 펌프로 끌어올려 흐르게 하는 건 진정한 복원일 수 없다는 점,
2) 서울 시내에 예산을 들여 시급히 개선해야 될 사업이 엄청나게 많은데, 다분히 전시행정에 가까운 하천 복원에 막대한 예산을 쓴다는 점은 인기 위주의 정책사업이라는 점,
3) 그때까지만 해도 서울의 주요 간선도로망 중의 하나였던 청계천 고가도로를 철거하고 하천을 복원하게 되면 그 많은 도심 통과 교통량을 어떻게 분산시킬 것인지에 대한 대안이 부족하다는 점 등을 들었다.

나는 그 시험에서 떨어졌다. 그 다음번에 다시 시험을 치른 끝에 겨우 자격증을 땄다. 대학 강단에서 도시계획을 15년 이상 가르쳐 왔던 이력을 생각하면 남우세스럽다고 하지 않을 수 없는 일이었다.

그 뒤, 갖가지 난관 끝에 복원된 청계천을 몇 번 찾아와 보고 오늘 이렇게 다시 그 천변을 걸어 보니 그때의 내 생각이 참 많이 부족했었다는 생각이 든다. 그걸 구체적으로 풀어 보면 다음과 같다.

1) 청계천 자연 하천은 평상시에는 거의 수량이 없는 건천이라 원래 모습 그대로 복원하게 되면 다시 예전의 청계천 모습 그대로 물도 거의 흐르지 않는 도랑에 불과할 것이며, 오수 정화를 철저하게 하지 않는다면 예전의 청계천 시궁창 물이 되기 십상이었으므로 비록 한강 물

을 끌어올려 재순환하는 방법까지 동원했다 하더라도 안 하느니보다 훨씬 낫다는 점,

2) 서울과 같은 대도시의 도심에서 이처럼 졸졸 흐르는 맑은 물소리를 듣고 감상하고 그 천변을 걸을 수 있다는 것은 그 어떤 도시개발사업보다도 훨씬 더 큰 파급력과 경제효과, 그리고 천문학적인 도시경관 개선 효과 및 정서 함양 효과가 있다는 점을 간과해서는 안 된다는 점,

3) 도시의 주인은 사람이지 차량이 아니라는 점에서 설령 고가도로를 우회시킨다든지 지하화하는 한이 있더라도 차보다 먼저 사람 친화적인 도시 공간이 되어야 한다는 점 등을 감안해서 생각해 보면 청계천복원사업을 감행했던 이명박 전 대통령은 분명 비범한 선지자였다는 느낌을 지울 수 없다. 그에게 새삼 고맙다는 인사라도 건네고 싶다.

3.

이명박의 도시행정에 대해 또 하나 감사하고 싶은 건 서울시 전역에 걸쳐 전격적으로 도입한 버스 중앙 차로 설치다. 흔히 서민들을 위한 정책을 편다고, 항상 약자와의 동행을 외쳤던 좌파들 중 누구도 도입할 엄두조차 내지 못했던 버스 중앙 차로제를 이명박은 끈기 있게 밀어붙였다. 2003~2004년 정도의 일이니 딱 20년 전이다. 물론 반대도 많았다. 하지만 20년 후 지금의 서울 대중교통 여건은 어떤가. 세계에서도 모범적인 사례가 되고도 남음이 있다. 그때 이명박이 내세웠던 구호는 "이제 버스를 타도 약속 시간을 지킬 수 있습니다."였다. 그 말이 별로 틀리지 않는다고 생각한다.

이명박이 대통령이 되고 나서 가장 큰 국민적 저항에 가로막혔던 한반도대운하사업……. 우리나라 3면이 바다인데 한반도에 웬 운하? 물론 일리 있는 반박이다. 하지만 유럽 도시의 강을 보면서 그 어느 강보다 수량도 많고 강폭도 넓은 한강이나 낙동강은 왜 저렇게 아무런 쓸모없이 내팽개쳐진 채 있을까를 생각해 보면 시야가 좀 달라진다. 수많은 크루즈선과요트, 그리고 각종 화물선으로 붐비고 있는 라인강, 다뉴브강, 템스강, 센강, 찰스강 등을 돌이켜 생각해 보면 반드시 그 구상이 실현 불가능한 꿈이 아니라는 것을.

백 보 양보해서 당초의 대운하 구상을 축소하여 시행했던 4대강 정비 사업을 되돌아보자. 그때 4대강을 준설하여 강 수심을 6미터 이상 확보하여 물그릇을 키운 뒤 지난 십 수 년간 기상이변으로 인한 수없는 집중호우와 잦은 태풍에도 불구하고 4대강 본류에서는 홍수 한 번 일어나지 않았다는 사실을 우리는 기억할 필요가 있다. 4대강 본류 사업이 마무리되고 난 뒤 후속적으로 이어져야 할 지류 정비 사업을 순차적으로 시행했더라면, 올해 오송 지하차도에서 많은 사람들이 죽는 불상사를 미연에 방지할 수 있었을 것이다. 하지만 좌파 정권에서는 미호천 준설 사업 필요성에 대한 여러 차례의 민원 제기를 묵살하고 그대로 팽개쳐 두었다.

도대체 좌파들이 꿈꾸는 좋은 세상이란 어떤 것일까. 있는 놈들 탈탈 털어서 실컷 배불리 포식하고 나서, 더 이상 뜯어먹을 게 없어지면 다 함께 그냥 죽자, 정도쯤 되는 것일까. 그들은 경부고속도로도, 인천공항도, KTX도, 4대강 정비 사업도 싸그리 결사적으로 반대해 왔다. 그들이 반대했던 그 사업들은 우리나라가 명실상부한 선진국으로 가는 디딤돌이 되었다는 것은 주지의 사실이다. 광우병 사태 때 청와대 뒷산에 올라 좌파들의 촛불 난동을 지켜본 이명박은 자신의 젊을 때를 생각하며 〈아침 이슬〉을 혼자 나직이 부르면서 눈물을 흘렸다고 하던가……. 좌파들의 극악하고 모진 속성을 잘 몰랐던 순진한 인간성을 가졌던 사람이었을 뿐이라는 생각을 해 본다. 그동안 이명박을 쥐새끼라 부르며 온갖 중상모략을 서슴지 않았던 좌파들의 만행이 하나둘씩 드러나고 있다. '별생각 없는 국민들은 그 정도면 충분히 납득될 것'이라며 국민들을 개돼지, 가붕개로 알고 속이고 현혹하기 일쑤였던 좌파들의 선전선동술의 이면을 우리 후배들에게 하루라도 빨리 깨우쳐 줘야 할 의무가 있다.

4.

그동안 이명박을 삽질 대마왕쯤으로 비하해 왔던 좌파들에게 한마디 툭 던져 주고 싶다.

"늬들이 삽질이 얼마나 위대한지 알기는 아나? 게 맛은 알아도 삽질은 모르지? 늬들을 이만큼이라도 인간답게 살게 해 준 게 바로 늬들 부모가 몇 십 년 동안 땀 쏟아 가며 해 왔던 삽질이여. 이 밥버러지들아. 홍수로 넘쳐 많은 사람들이 죽었던 저 지하차도에 쌓인 오물을 치우려면 늬들 손에라도 삽을 안 들면 어떻게 치울 겨?"

김 진 숙 편

- 별이 쏟아지는 해변으로 가요

김 진 숙

1978년 경상대학교 사범대학 국어교육학과에 입학하여 1982년 졸업하고 그해 3월 1일 자로 경남 의령군 궁유면 의동중학교에서 학교생활이 시작되었다. 우순경이라는 비정상인 때문에 1년 만에 나오게 되었는데 그때나 지금이나 못내 아쉽다. 2012년 스스로 능력 부족을 절감하고 학교에서 나왔다. 백수 11년 차 과로사 직전이다. 틈틈이 집안일, 부모님 일 하면서 새벽 수영, 여행, 탁구, 장구, 유화 그리기, 실버 합창단, 문화 대학 강의 듣기…, 또래의 할머니들이 두루 거쳐 가는 과정이다. 드럼도 배우고 싶고, 여행도 더 많이 하고 싶고, 부지런히 산다. 간혹 과부하가 걸리면 잠수를 하는 못된 버릇이 있다.

1982년 사범대학 국어교육학과 졸업. 그해 경남 의령군 궁유면 의동중학교에서 시작하여 30년간 국어 교사로 일하고 2012년 퇴직.

별이 쏟아지는 해변으로 가요

하늘이 잔뜩 비를 머금었으나 내가 산에 가는 시간에는 올 듯 올 듯 오지 않아서 매번 우산을 가져갔다가 털레털레 가져온다. 이러다 하루 우산을 두고 온 날 아마도 비를 왕창 맞게 될 터이다. 그러니 매번 가져가는 것이 내 마음을 위해 옳다. 얼마 전 현대차 포인트로 득한 블루투스 이어폰은 걷는 동안 음악을 알알이 듣게 해 주는데 물론 멍을 때리면 노래 혼자 흘러가기도 한다.

갑자기 방방방방 바바 방방방방방 방 하며 키 보이스의 〈해변으로 가요〉가 시작되었다. 시간이 거꾸로 19살 때로 간다.

고3 때 짝꿍이었던 M은 공부를 숨 쉬듯 하는 애라서 나를 몹시 주눅 들게 하는 친구였다. 중학교 때까지는 나도 한 가닥 5% 안에 들었었는데 지방 명문이었던 여고에 오니 사방에 뛰어난 애들이 득시글거리고 레마르크의 《개선문》이나 들고 다니며 까뮈 어쩌고 알지도 못하는 책이나 파던 나는 공부를 놓아 버렸는데 M은 쉬지 않고 설렁설렁 원래도 잘하던 공부를 점점 더 잘하더니 지 언니가 다닌다는 이화여대로 원서를 썼다. 그 돈이면 Y나 K로 가겠더구먼 지저분한 남자들 없는 여대가 좋다나. 머 나는 등록금 8만 원이면 되는 지방 국립대가 여러모로 분수에 맞았다. Y는 엄마 같은 심성과 몸매를 가졌는데 진학을 하지 않고 집안일을 하며 기회를 보아 돈을 벌겠다고 했다. 누가 봐도 어울리지 않는 이 세 명은 여고를 졸업한

이듬해 여름방학 때 만났다. M이 말했다. 나는 키 보이스 〈해변으로 가요〉의 전주를 들으면 미친 듯이 어디론가 떠나야 될 것 같다. 해변으로 가지 않으면 여름이 아니다. 머 별로 이래저래 여유가 없었던 나는 생각도 못하고 있다가 이대 다니는 친구가 가자는 대로 가야만 될 것 같았고, Y도 얼떨결에 따라 나섰다. 비진도로 갔었던 것 같다. 밤에 맨발로 백사장을 걸었던 젖은 모래의 감촉이 남아 있고, 어둠 속에서 새파랗게 빛나는 것이 인이라고 공부 잘하는 M이 말한 것이 기억난다. 별 획기적인 사건은 없었으니 자꾸 키 보이스만 떠오르는 거겠지?

　모두의 예상대로 M은 승승장구 서울대 나온 남자와 결혼하더니 공부와 관계도 없는 소설을 써서 유명한 소설가가 되었다. 남편은 이미 유명했는데 부부가 같이 더 높이 올라갔다. 이상문학상까지 탔다. 하늘과 땅 같은 거리가 생겼다. 나는 M이 돈을 벌었다거나 권력적인 지위가 생겼다면 그건 당연한 거라서 부럽지 않았을 거였다. 뜬금없이 소설가라니 글은 내가 좀 더 잘 썼는데 백일장은 내 무대였는데 고등학교 때는 원고지 근처도 안 오던 애가 하나 있는 내 과자마저 가져가는구나. 의도적은 아니었는데 만나지지도 않았고 같이할 건덕지가 없어서 우리는 헤어졌다, 영영. Y는 돈 많이 벌었을까? 시골 중학교에서 13살짜리 붙들고 〈엄마야 누나야 강변살자〉나 쪼개어 설명하고 은유니 직유니 별 소용도 없는, 애들은 그게 뭔지 관심도 없는데.

　23세 국어교사 J는 그래도 첫 발령지를 사랑했고 30년 세월동안 그 첫 해의 시골 교정이 가장 선명하다. 집필 활동이 활발했고 출판도 많이 되었고 상도 많이 받았고 평단의 평가도 좋았던 M은 그러나 글을 짜내는 스트레스 때문이었는지 60이 안되어 떠났다. 암이었다고 들었는데 일체 치료를 거부하고 홀연히 가다니 가시나 끝까지 멋있다. 영원히 내 콤플렉스를

자극하는 친구다. 언제 어디서 〈해변으로 가요〉를 들어도 그 전주에서 나
는 M을 생각한다.

이문섭 편

- 코로나 그 뒷이야기
- 영산강, 섬진강 자전거 종주기
- 경화장은 콩나물이 천 원

이 문 섭

장마철이 지나고 나면 논둑을 경계로 이곳저곳에는 물이 가득 찬 둠벙이 있었다. 둠벙은 논물을 대는 데 매우 요긴할 뿐만 아니라 미꾸라지는 물론이고 다양한 생물들이 있어 농부들의 단백질을 공급하는 데 없어서는 안 될 중요한 수원(水源)이었다. 딱히 관리하지 않아도 사시사철 물이 고이는 둠벙. 농경지 정리 때문인지 이제는 보기가 힘들어졌지만 참 정겨운 어릴 적의 기억이었다.

'전원문학'은 이제 더 이상 새물이 솟아나지 않는다. 고여 있던 물도 말라 간다. 지극히 당연하고도 자연스런 현상이지만 아쉬운 것은 어쩔 수 없다. 그래도 아직 남아 있는 회원의 노익장은 강건하다. 그래서 간만의 이 꿰미가 대견하고 자랑스럽다.

1984년 경상대 건축과 졸업, 2021년 국민연금공단에서 정년.

코로나, 그 뒷이야기

코로나 임시생활시설은 해외 입국자들이 2주간 의무 격리되어 생활하는 곳이다. 정부의 각 부서에서 파견된 인원이 입소자들을 관리한다. 관리 인원들은 대다수가 자원이다. 2주간 휴일도 출퇴근의 개념도 없다. 호텔에 도착하자마자 전임자로부터 인수인계가 이루어졌다. 업무는 입소자 관리 업무(상담 및 지원), 식사 지원, 의료 지원, 보안 등을 각 부서에서 담당한다. 내게 주어진 업무는 운영요원을 비롯한 입소자들에게 물품을 지원하는 일이다. 입소 당일 불시에 들이닥칠 장기(14일) 입소자들에게 지급될 각종 생활용품이 든 커다란 꾸러미를 만들었다. 슬리퍼, 타월, 빨랫비누, 세숫비누…… 등 각종 생활용품을 몇 박스씩 쌓아 두고 여러 사람들이 한 바퀴 돌아가면서 피난민처럼 배급받는다. 그렇게 몇 바퀴 돌다 보면 수백 개의 꾸러미가 만들어진다. 그 모습이 비밀스러운 의식 같기도 하고 재미있는 놀이 같기도 하다. 어떤 이는 웃고 어떤 이는 지겨운 듯 무표정한 얼굴이다. 코로나가 가져다준 진풍경이다. 2주간, 휴일과 출퇴근의 경계가 따로 없다 보니 시간과 날짜에 대한 감각이 둔해진다. 돌아서면 아침이고 돌아서면 저녁이다. 시간은 잘 가는데 날짜는 더디 간다. 아니 그 반대 같기도 하다. 늦게 잠들고 일찍 눈이 떠진다. 약 60여 명의 운영요원이 소비하는 물품은 물론이고 호텔 객실을 가득 채운 세계 각국에서 온 약 400여 명의 의무 격리자들이 요구하는 각종 물품의 재고를 확인하고 모자라지 않게 공급해야 한다. 물품들이 마른 모래에 물 빠지듯 순식간에 바닥이 난다. 장 보는 일이라고는 아내 뒤를 따라 다닌 이력이 전부인 내가 대형 마트의 큰손이 되었다. 점장이 고개를 꾸벅거린다. 참 웃긴 상황이다. 입소자 중 어떤 외국인은 입소한 지 며칠이 되지도 않았는데 커피를 주식으로 하는지 14일간 분량의 믹스커피를 다 먹어 버렸다며 50여 개를 더 요구한다. 그래서 상황실에는 이에 대한 대책이 논의되기도 한다. 우리나라 믹스커피가 아주 인기가 많은 것 같다.

꼼짝 않고 14일 동안 낯선 나라의 좁은 방 안에서 타의에 의해 시간을 보내는 것은 극한의 인내심을 요구하는 일일 것이다. 스님들의 동안거, 하안거에 비교해도 될 정도가 아니겠는가. 갑갑함에 겨워 벌컥벌컥 문을 박차고 호텔 현관까지 내려와 방호복을 입은 군인과 경찰의 제지를 받기도 하고 호텔의 복도를 쏘다니기도 한다. 그래서 상황실은 24시간 불이 꺼지지 않는다. 중동에서 온 외국인은 아침에는 할랄, 점심에는 채식, 저녁에는 일반식으로 수시로 바뀌 요구해 운영진을 힘들게 한다. 낯선 나라의 음식이 입맛에 맞지 않은 것이야 당연한 일이지만 초등학생 반찬 투정 같은 불만이 쉴 새 없이 터져 나온다.

"우유 줘, 커피 더 줘, 과일 줘, 스테이크 줘."
"밥 먹기 싫어, 빵에 버터 발라 줘……."

운영진은 최대한 요구사항을 수용하지만 안 되는 것은 도리가 없다. 그럴 때는 별수가 없다. 여기는 호텔이 아니고 코로나 임시생활시설임을 다시 한번 강조하는 도리밖에……. 상황실은 영어, 중국어, 일본어는 물론이고 각국의 언어가 다 동원된다. 목소리 톤이 다소 높고 경상도 사투리가 구수한 울산 출신 직원은 구사하는 영어마저 사투리 억양이 묻어나는 것 같다. 고급 영어는 아니지만 언어 소통에는 전혀 어려움이 없다. 외국인도 그와의 소통에서 오히려 안정감을 느끼는 느낌이다. 질그릇이 편한 법인가?

#1 아키노는 필리핀에서 왔다. 한국으로 가서 외항선을 타면 큰돈을 만질 수 있다는 말을 듣고 한국행 비행기에 몸을 실었다. 이번 항해가 끝나면 손에 쥐어질 적지 않은 대가에 대한 기대에 이국의 좁아터진 호텔에서의 14일간의 고통도 힘들지 않을 것 같았다. 호텔 입소 전 코로나 검체를 채취했다. 힘든 여정 때문인가 목이 까끌거린다. 정갈한 한국식 도시락을 먹는 둥 마는 둥 한다. 검체 결과는 내일 일찍 나올 것이다. 아키노는 제대로 샤워도 못 하고 까무룩 잠이 들었나 싶었는데 어느새 호텔 창으로 이국의 아침이 밝아져 있었다. 멍하니 창밖을 바라보고 있을 때 객실 전화가 울렸다. 전화 울릴 일이 없는데 뭔 일인가 하며 아키노는 반사적으로 수화기를 들었다.

"Hello, this is situation room."

7시도 안 된 아직 이른 시간인데……, 뭔 일인가? 순간, 상대방과 아키노 사이에 짧은 침묵이 끼어들었다. 아키노가 말했다.

"……Speaking please."

상대방이 잠시 뜸을 들인다. 아키노는 순간 몸이 조여드는 듯한 돌연한 공포를 느낀다.

"Please do not surprise and listen."

"……."

"You are confirmed as positive to the corona virus."

나머지 말들은 잘 들리지 않았다. 단지 목소리의 주인공은 젊은 여성의 목소리였다는 것과 곧 다른 병원으로 이송한다는 내용만이 간신히 귀에 들어왔을 뿐이었다. 아키노는 총 맞은 듯이 침대에 꼬꾸라졌다. 트렁크 짐을 풀지 않은 게 차라리 잘되었구나……

#2 그가 군에 입대한다며 한국에 오더라도 당분간 볼 수 없다는 이야기를 더듬거리며 했을 때 첼시는 불현듯 그가 그리워졌다. 그리움은 마치 만(灣)에 밀물이 차오르는 것처럼 시간이 갈수록 그 부피를 더해 갔다. 첼시는 마침내 한국행 비행기에 몸을 실었다. 그를 찾아 멀고도 먼 비행을 마쳤을 때는 또다시 14일간의 길고 긴 격리의 시간이 기다리고 있었다. 그러나 코로나바이러스도 그에 대한 그리움은 막을 수 없었다. 첼시가 입국 수속을 마치고 하얀 방호복을 입은 사람들에 의해 호텔에 사실상 감금되었을 때부터는 그리움보다는 코로나에 대한 두려움이 그녀를 더 힘들게 했다. 일체의 외부 출입이 금지된다는 안내 방송과 함께 연이은 확진자 발생 소식은 첼시를 극도의 불안감으로 몰아넣었다. 첼시는 그에게 문자를 날렸다.

"무섭다. 너무 무섭다. 나는 코로나에 걸릴지도 몰라. 어제 오늘 계속해서 코로나 확진자가 이 호텔에서 나왔어, 무서워 죽을 것 같아."

상황실에 다급한 전화가 온 것은 확진자가 연거푸 나온 그날 저녁이었다. 첼시의 한국인 남자 친구로 부터였다. 첼시가 극도의 불안을 호소한다는 내용이었다. 상황실은 즉시 첼시의 불안에 대해 조치했다. 대기하고 있는 의료진이 첼시의 호실로 가서 대면 상담을 하고 국가트라우마센터와 연결하여 전문가와 상담토록 했다. 첼시는 곧 안정을 되찾았다. 그러나 첼시가 안정을 되찾은 것은 전문가의 상담보다도 그녀 남친의 역할이 더 컸다. 첼시의 남자 친구는 첼시의 방이 보이는 장소에 주차하고는 첼시와 수시로 통화했다. 마치 창밖에서 그녀의 사랑을 갈구하는 세레나데처럼, 며칠째 그렇게 하고 있었다.

임시생활시설 근무 마지막 날, 코로나 음성 판정 확인서를 건네받았다. 졸업장을 받는 느낌이 이랬든가? 길고 길 것 같은 시간도 어느새 지나간 시간이 되었다. 참 세상의 일은 알 수가 없구나, 어느 누가 세상에 이런 일이 있으리라고 상상이나 했을까? 하루빨리 코로나가 극복되어 일상으로 돌아가고 싶을 따름이다.

---

* 이 글은 코로나 임시생활시설에서 2020년 7월 중 2주간 자원해서 근무한 기록이다. 지금은 코로나가 일상화되었지만 코로나가 창궐하던 당시만 하더라도 코로나에 감염된 사람은 극도의 경계와 관리의 대상이었다. 당시 퇴직을 앞두고 나름 뭔가 사회에 기여를 하고자 해외 출입국자들을 임시로 관리하던 김포의 한 호텔(해외 입국자 격리를 위한)에서의 이야기다.

영산강, 섬진강 자전거 종주기

송홧가루 날리는 사월, 부처님오신날 하루 전에 오후 근무시간을 잘라 내어 자전거에 몸을 실었다. 오래전부터 가리라 마음먹었던 인천의 아라 뱃길에서 을숙도까지 계획했었던 여정은 온 식구들의 맹렬한 반대에 부딪 혀 결국 내려놓고 말았다. 아닌 게 아니라 그 멀고 먼 여정(626㎞)도 할애 한 기간(3박 4일)을 감안하면 다소 부담스럽기도 하려니와 끝물이라 하지 만 아직 마음을 놓을 수 없는 코로나가 내심 마뜩잖았던 게 더 큰 이유다. 그래서 급하게 대안을 마련한 게 2박 3일 일정의 영산강과 섬진강 자전거 길 종주다. 자전거를 타기 전부터 '언젠가는 이 길을 한번 걸어 보아야지' 하고 있었던 것이다. 계획은 순식간에 세워졌다. 목포에서 시작하여 영산 강권인 나주, 광주, 담양을 거쳐 섬진강권인 임실, 순창, 곡성, 구례, 하동 을 통과하여 광양에서 마감하는 총연장 282㎞의 짧지 않은 여정이다.

인터넷을 뒤져 보니 목포로 바로 가는 교통편은…… '없다.' 부득이 순천 에서 환승하여 목포에 가야 한다. 코로나로 인해 정기편이 대폭 축소된 상 황인데 다행히 저녁쯤에 목포에 도착하는 버스표를 살 수 있었다. 오늘 밤 에는 유난히 눈물 많은 도시 목포에 닿아 애수에 절은 목소리의 이난영을 만나 보려는가. 잠시 앉아 터미널 야외 벤치에 앉아 버스를 기다리는 중 송홧가루는 먼지처럼 날려도 날씨는 쾌청을 다한 듯하다. 박목월이 읊었 던 〈윤사월〉 지금이 딱 그때다.

버스를 타고 내려다보는 풍경은 승용차를 몰고 다닐 때와는 또 다르다. 더 멀리서 보는 느낌, 더 객관적이 된 느낌 뭐 그런 느낌이다. 얼마지 않아 연둣빛 이파리들은 더 짙은 녹색으로, 다시 또 어두운 녹색으로 변해 갈 것이다. 얼핏 보면 노란색 같기도 한 연둣빛 녹음은 지금이 절정이다. 4시 35분 순천종합버스터미널에 도착했다. 순천 도착과 동시에 목포 "출발이 여…."를 외치는 검표원의 소리가 들린다. 오줌 누고 뭣 볼 겨를도 없이 얼른 발권하고 승강장으로 가는 순간 버스가 슬슬 뒷걸음한다. 간발의 순간 검표원이 차를 세워 준다. 허겁지겁 자전거를 화물칸에 싣고 차에 오른다. 아차! 자전거 체인이 빠져서 출렁거린다. 챙겨 볼 짬이 없다. 내려서 정비하기로 한다. 목포 도착 시간을 기사에게 묻자 그냥 6시는 넘어야 도착한단다. 말하는 양을 보니 6시 살포시 넘어야 될 모양이다. 어쨌든 새는 시간이 없어 다행이다.

〈목포에서 영암 방향 영산강 하굿둑에서 시작되는 자전거길〉

시인 문병란은 왜 목포를 '항상 술이 마시고 싶은 곳'이라고 했을까. 가수 이난영은 왜 목포에서 '눈물'을 노래했을까. 창원에서 버스를 갈아타면서 3시간 반을 달려서 내린 목포에는 더 이상 이난영이 부른 애절한 목포의 '눈물'도 없었고 문병란의 '술'을 부르는 목포도 아니었다. 영산강이 흐르다 다한 곳, 하굿둑 인근 남악로는 아파트와 상가들이 새롭게 터 잡고 있었다. 오래된 도심 옆에는 항상 새로운 시가지가 생기듯 이곳도 그런 것처럼 보였다. 내일은 초파일, 징검다리 연휴를 앞둔 목포의 남악로 번화가는 코로나 사태에도 불구하고 초저녁부터 얼큰해지고 있었다.

나는 내일 일찍 이곳 목포의 영산강 하구를 떠날 것이다. '항상 술이 마시고 싶은 곳'에서 일찍 잠을 청한다. 내일을 위해.

영산강 하구에서 이곳 느러지 전망대까지 37킬로다. 공식적인 거리가 그렇다는 것이고 길을 헤매어 왔다 갔다 한 거리까지 모두 셈하면 얼추 40킬로는 넉넉할 것이다. 짬짬이 쉬고 게으름을 피운 시간을 포함하면 3시간이 조금 못 걸렸다. 그동안 바다를 보고 영산강을 지나고 산도 하나 넘은 것 같다. 날씨는 더할 나위 없다.

바람은 어머니의 손결 같고 햇빛은 새벽잠의 따뜻한 이불 같다. 자전거 핸들 바에 핸드폰을 설치하고 영산강 변을 지나면서 유튜브로 이난영의 〈목포의 눈물〉, 〈목포는 항구다〉를 연거푸 듣는다. '설정된 센치함'이 즐겁다. 몸에서 배어 나오는 땀이 바람에 마르면서 사우나한 뒤끝처럼 상쾌하다. 자전거길은 너무 다양하다. 아스팔트가 잘 깔려 있는가 싶으면 순간 길이 뚝 끊어져 길 잃은 어린애처럼 한참 동안 주변을 두리번거린다. 비포장의 자갈길 깔린 시골길이 이어지다가도 시멘트 포장길이 한참 계속된다. 강가의 좋은 전망과 함께 나무 데크가 멋지다가 어이쿠 비포장 산길이 장난 아니다. 자전거족들도 다양하다. 딱 바람나기 좋아 보이는 중년 남녀 모임에서부터 젊은 부부, 일흔을 넘긴 노인과 이제 40대 중반인 그의 아들, 친구들 등 딱히 특정 지을 수 없다.

영산강은 느리게 흐르고 봄볕은 대기에 가득 차 한없이 한가로울 수 있는 봄의 한가운데. 때마침 어디선가 꿩인가 혹은 닭인가가 홰치는 소리도 들린다. 오늘 최종 목적지인 담양댐까지는 아직도 멀다.

'차르르…… 챗, 챗, 챗, 챗.'

라쳇 소리는 탄산수처럼 청량하다. 여기는 어디쯤인가? 목포, 무안은 벌써 지났고 나주 어디쯤인가? 길은 먼데 민가는 드문드문 자전거 타고 달리는 이들도 이따금씩 보일 뿐이다. 다소 비현실적인 풍경이다. 자전거길 가에는 노란 유채꽃이 큰 키를 재며 줄지어 휘청거린다. 퍼레이드 하듯, 손을 흔드는 듯, 나는 달리면서 손을 뻗어 꽃 하나를 낚아채 입에 문다. 맵싸하다. 매운 무우 맛이다. 봄의 맛이다.

저 멀리 죽산보가 보인다. 죽산보를 지나자 곧 영산포다. 나주의 명물 홍어로 유명한 곳이다. 때마침 영산포 5일장이 열리는 날이다. 살아 있는 중닭을 파는 모습이 이채롭다. 암탉 여부를 따지는 양이 달걀을 받으려고 하는 모양이다. 영산포의 5일장은 닭도 팔고 개도 판다.

영산포는 아내와 함께 남도 맛 기행을 하면서 들렀던 곳이다. 옛날 목포에서 홍어를 싣고 황포 돛배로 영산강을 거슬러 영산포까지 오는 동안 푹 삭아 코를 톡 쏘는 알싸한 맛의 홍어로 변신하게 되는데 이 영산포에서 거래가 많이 이루어졌었던 모양이다. 영산포는 그래서 홍어로 유명한 곳이다. 제대로 된 국산 홍어를 먹으려면 점심 한 끼만으로도 1인당 오만 원이 든다. 그래서 홍어는 패스. 다만 홍어애를 몇 점 썰어 넣고 보리 순을 넣은 홍어애탕(8,000원)이면 꽤 괜찮은 맛을 선사한다. 홍어애탕에다 막걸리 한잔을 곁들여 늦은 점심을 해결하고 광주를 향해 내처 달린다. 영산포 이후로는 자전거길이 대체로 좋다. 난데없이 길이 끊어지거나 비포장 시골길 같은 길은 거의 없고 시멘트 길이거나 아스팔트 포장도로다. 한참을 달리니 광주를 지나친다. 연휴에다 날씨까지 나무랄 데가 없다 보니 강 주변 고수부지에는 자전거족을 포함해 많은 사람들이 산책을 한다. 풍부한 수량과 4대강 중 가장 오염되지 않은 영산강은 이 주변 사람들에게는 큰 복으로 보인다. 3시쯤 영산포에서 출발 후 담양댐까지 시간 내 가려나 저어했는데 홍어애탕 덕인지 거의 논스톱으로 달리다 보니 대나무 숲이 드문드문 보이기 시작하고 어느새 담양 초입이다. 곧 죽녹원과 메타세쿼이아 길을 지나게 된다. 남은 거리 25킬로, 오늘의 마지막 남은 여정이 될 것 같다.

담양 시내에 들어설 때 즈음은 6시를 살짝 넘겨 마지막 2개 코스는 내일 일찍 가기로 했다. 마지막 목적지인 담양댐이 가까워질수록 자전거를 타는 사람이 드문드문해졌다. 얼른 숙소를 정하고 오늘은 이쯤에서 마감하기로 한다. 총 주행거리 115킬로 정도다. 온몸이 땀에 젖었다 마르기를 반복하면서 끈적거리고 특히 엉덩이 안쪽이 화끈거린다. 시내에서 간단하게 식사를 마치고 얼른 숙소로 돌아와 샤워하고 쓰러진다. 그때 문득 떠오르는 생각,

〈담양 입구 대나무 숲 자전거길〉

'왜 이 먼 거리를 이 고생을 하면서 자전거를 탈까?' 그리고는 금방 쓸데없는 의문이라고, 그리고 답이 있다면 쓸데없는 답일 것이라고 생각한다. 쓸데없는……

그런데 그 쓸데없는 일에 군이 증거를 남기려고 많은 자전거꾼들은 부득부득 4대강 자전거 종주 인증 수첩을 돈 주고 사서 인증 센터(공중전화 박스같이 생긴 스탬프 찍는 곳)에 들러서 스탬프를 찍는다. 마치 초등학교 시절 선생님의 '참 잘했어요' 도장을 받으려고 하기 싫은 숙제를 억지로 하는 것처럼, 그냥 자전거가 있고 길이 있고 내가 자전거를 탈 수 있는 건강이 있으므로 달리는 것이다. 그기에 '왜'는 마치 뱀의 발처럼 군더더기에 불과한 것이 아니겠는가. 근데 한 번 더 곰곰 생각해 보면 나는 자전거를 타고 현실로부터 도망가고 있는 것이 아닐까하는……, 그런 또 쓸데없는 생각을 하게 된다. 대한민국 곳곳, 구석구석으로 도망을 치고 있지는 않을까…. 그리고는 여행이라며, 건강에 좋지 않나 하는 구실로 일본으로 가려 하고, 더 나아가 세계로 나가려 하고 ㅎㅎㅎ…….

그래서 나는 다시 생각한다. "여보, 같이 도망갑시다."라고 해야겠다.

내일은 섬진강으로 갈아타야 할 것이므로 더 강행군이 될 것 같다. 지도로만 본다면 임실에서 광양을 향하는 방향이므로 내리막길인데, 좀 수월하려나…….

아침 7시가 조금 못 돼서 일찌감치 눈이 떠진다. 얼른 챙겨 간밤 저녁 먹을 때 봐 둔 담양 읍내 식당으로 아침을 해결하러 간다. 7시 30분부터 영업을 한다고 하니 늦지 않다. 근데 웬걸, 식당 앞에서 주섬주섬 자전거를 대려고 하자 열린 문으로 보던 식당 주인 내외가 '혼자인가'며 묻는다. '그렇다'고 하자 혼자는 팔지 않는다고 한다. 난감하고 황당하다. 요샛말로 '헐……'이다. 혼자서 여행하는 이들이 흔히 당하는 낭패다.

그래서 부득이 아침을 건너뛰고 죽녹원을 향해 달리기 시작한다.

이른 아침 죽녹원은 매표소와 대문이 닫혀 아직 손님 맞을 채비가 되어 있지 않았다. 패스하고 인근의 메타세쿼이아 길로 달린다. 죽녹원에서 메타세쿼이아 길은 멀지 않다. 이른 아침의 메타세쿼이아 길은 조용하고 상쾌하다. 사관생도의 사열을 받는 듯 아무도 없는 길을 자전거를 타고 달린다. 9시가 넘으면 관리인들이 출근하고 자전거의 출입을 막을 것이다. 일찍 나선 덕에 누리는 호사다. 봄의 연둣빛 새순에서 뿜어져 나오는 신선한 향이 온몸을 감싼다. 건강해지는 느낌이다.

담양의 메타세쿼이아 길에서 섬진강 자전거길로 이어진다. 군이 영산강 자전거 길을 종주한다는데 의미를 둘라치면 담양댐까지 가야 하는데 어쩔

까 고민하다가 "에라 몇 킬로(7킬로) 안 되는데 끝을 보자." 하는 오기로 담양댐까지 내처 달렸다. 근데 시간 낭비가 너무 심하다. 왕복으로 따지면 14킬로인데다 오르막이다 보니 1시간은 날아간 것 같다. 오늘 일정인 섬진강에 들어갈 시간을 너무 쓴 것 같다. 다시 메타세쿼이아 길로 되돌아와 섬진강 자전거길로 들어선다. 하천을 따라 한참 달리다 보니 자전거길은 어느새 산길로 이어진다.

나지막한 산 중턱을 넘다 보니 어느새 지명이 바뀐다. 고추장으로 유명한 곳, 순창이다. 바다도 큰 강도 없는 내륙의 전형적인 시골이다. 뭐 하나 특별할 것 없는 곳, 이상의 수필 〈권태〉에 나오는 그런 곳 같다. 높지도 낮지도 않은 언덕 같은 산이 이리저리 다도해의 섬처럼 흩어져 있고 그 기슭에 마을이 기대고 있는 그런 곳이다. 사람 소리보다 새소리가 더 잘 들리는 곳, 사람 만난 멍멍이가 컹컹 소리를 질러 반갑다 하는 곳, 하천 둑방을 달리다 보면 가끔씩 한가로운 낚시꾼의 모습이 보이고 문득 자전거도로의 짧은 폭을 자전거에 치일세라 헐레벌떡 에스 자로 가로지르는 새끼 뱀마저 귀여워 보이는 그런 곳이다. 영산강권인 담양의 메타세쿼이아 길에서 섬진강권인 향가유원지까지는 총 26킬로미터. 봄볕이 지천으로 쏟아지는 이 꼬불꼬불한 둑방 길을 나는 반야심경을 읽듯 천천히 자전거로 달린다. 배가 고프다. 아침 먹을 데가 마땅찮아 건너뛴 탓이다. 향가유원지의 매운탕집에 들렀더니 이곳 역시 1인분은 없고 2인분부터 주문인데 37,000원이랜다. 어마뜨거라 하고 나와 둘러보니 마침 국수집이 있다. 급전직하 4,000원 국수로 아침 겸 점심을 때운다. 이제부터는 섬진강권이다. 오늘 광양까지 갈 수 있을런가…….

남원은 살짝 스쳤나? 군데군데 보이는 자전거 이정표에는 보이지 않는다. 지금은 곡성을 지나고 있는 듯하다. 기차마을이 있는 곳이다.

〈순창의 향가터널—내부 조명이 화려하다〉

멀리 보이는 강에는 점점이 사람들이 물 위에 떠 있다. 저 사람들은 아마다슬기를 잡고 있는 듯하다. 섬진강을 끼고 산비탈로 난 자전거길은 오르막과 내리막을 끊임없이 반복한다. 조금 전 지나온 제방 길은 아예 허리가 싹둑 잘려 나간 채로 공사 중이란 팻말만 썰렁하게 서 있다. 이리저리 우회하여 다시 길을 찾고 달린다. 섬진강은 유유히 흐른다. 바람에 따라 물비늘이 일어 이쪽으로 흐르는지 저쪽으로 흐르는지 알 수가 없다. 길은 끊어졌다 이어지고 꼬불꼬불 강을 따라 맴돈다. 구절양장이 이를 두고 이른 말인가?

시간을 아껴 쓰자. 평소에 펑펑 낭비한 시간은 급할 때 반드시 그 대가를 요구한다. 일락서산인데 가야 할 길은 아직 멀다. 남도대교에 도착한 시간이 저녁 6시 30분, 금방 어두워진다. 게다가 저녁도 안 먹었다. 차로는 금방이지만 자전거로는 하동 집까지 만만찮은 거리다. 얼추 30킬로 정도다. 부득이 웬만해서는 안 하고 싶은 야간 주행을 준비한다. 전조등을 달고 후미등도 달았다. 가는 도중 다행히 마치기 직전인 식당을 발견했다. 재첩국으로 허기를 달랜다. 어두워진 섬진강 변 매화마을 자전거길은 교교하다. 매실 밭을 오르내릴 때마다 조그마한 자전거 전조등이 힘겹게 앞을 밝힌다. 그래도 제 역할은 제대로 한다. 마침내 하동에 들어섰다. 조그마한 카페를 만났다. 커피 한 잔을 주문하고 하동으로 오고 있는 아내를 기다린다. 영산강 하굿둑에서 무안, 나주, 광주, 담양, 순창을 거쳐 남원을 스치고, 곡성, 구례, 광양을 지나 이곳 하동까지 대략 300킬로 조금 못 되는 거리를 이틀 동안 달렸다. 엉덩이 살이 얼얼하고 허리도 아프지만 안전하게 두 강을 따라 나란히 달렸다. 나는 자전거를 쓰다듬으면서 속으로 말했다. '자전거야 수고 많았다. 그 흔한 빵꾸 한 번 안 나고, 낙차 한 번 없이 안전하게 이 여행을 마친 것은 네 공이 크다.' 퇴직 후 먼 길을 가기 위한 첫발을 조심스럽게 내딛은 것 같아 내심 뿌듯하다. 곧 아내가 도착할 시간이다.

이쯤에서 영산강과 섬진강 자전거 종주 기록도 막을 내린다.

경화장은 콩나물이 천 원

3일, 8일은 진해의 경화장 날이다. 평일도 많은 사람이 모여들지만 토요일이나 일요일에 맞닥뜨릴라치면 평일보다 훨씬 많은 인파로 경화동 홈플러스 주변부터 위쪽으로 남중 입구까지 오백여 미터 남짓한 거리가 좁은 만에 가득 찬 밀물처럼 출렁거린다. 물건은 좋고, 싸고 또 신선하기까지 하다. 모르긴 해도 한강 아래 내가 아는 어떤 오일장과 비교해 보아도 그 규모와 내실에 있어서 뒤처지지 않지 않을까 싶다. 작년 말 나이가 많다는 이유로 회사에서 밀려난 이후로 아직까지 출근을 멈추지 못한 아내를 대신해 집안 살림의 대부분은 나의 몫이 되었다. 그중 내가 흔쾌하고도 즐겨 하는 것은 경화장의 장보기다. 한때는 시골 노인들이 공과금 납부를 핑계로 장날 나들이를 한다고 하면 그 손쉬운 자동이체를 두고 쓸데없이 시간 낭비한다고 객쩍은 소리를 하였으나 이제 내가 그 짝이 되어 버렸다. 어쩌랴, 세월을 꼭 먹어 봐야 아는 것도 있다는 것을.

경화장 보기의 재미는 나름 쏠쏠하다. 백화점이나 대형마트는 그 안에서 움직이는 쇼핑객들의 동선이 치밀하게 자본가의 음흉한 계략에 의해 관리되고 있지만 이곳은 그렇지 않다. 무엇보다 그 다양한 구색을 기웃거리는 재미가 예사롭지 않다. 거기에다 조금만 주의를 기울이면 5일 단위로 미세하게 움직이는 계절의 변화를 체감할 수 있다. 동쪽 편 철길 주변에 성실하게 전을 펼치는 각종 화분 장수의 물건을 보면 더욱 지금이 계절의 어디쯤에 와 있는지 알 수 있다. 늦겨울이나 이른 봄쯤이면 노오란 수선화로 겨우내 얼었던 손님들의 가슴에 불을 밝혀 주고 좀 더 지나면 이름도 잘 모르는 봄 야생화들이 재잘댄다. 장미가 화분에서 풍성한 여름이다 싶으면 문득 국화가 보인다. 그러면 이미 여름이 거진 다 갔다는 것이 된다. 어디 꽃만 그 역할을 하는가. 항상 불쌍한 모습을 한 물메기가 보이면 추위가 만만찮고 도다리가 엎어져 있거나 할머니들의 소박한 전 앞에 달래나 어린 쑥이 보일 때는 진해는 이미 벚꽃이 한창이다. 그러다가 진해 앞바다의 떡전어가 보인다 싶으면 벌써 가을의 초입이 된다.

이렇듯 온갖 물건들이 계절과 어울려 경화장은 항상 활기차다. 각종 제철 농수산물은 그간 인스턴트식품에 찌들었던 입맛을 북돋아 주고 다양하고 소소한 생필품을 보고 사는 재미가 즐겁다. 고장 난 시계를 고쳐 주는 노인, 보기 드문 곰방대 등 고물상까지 기웃거리는 느긋함이 좋다. 그래서 아무리 꼭 필요한 물건만 사리라 다짐을 하고 단단한 마음으로 장에 발을 들여놓아도 종당에는 양손으로도 힘에 부쳐 끙끙거릴 정도로 물건을 사게 된다. 그러구러 경화장을 보는 일은 오롯이 나의 몫이 되어 '남자가 장을 보면 바가지를 쓴다'고 걱정하는 아내의 귀여운 걱정이 무색하게 되었다. 이제는 어느 정도 시장 물가에 눈이 뜨여 지난 장보다 무엇이 싸고 무엇의 값이 더 올랐는지를 판별할 정도가 되었다. 일 년 전만 해도 삼천 원 정도가 기본 거래단위더니 얼마 전부터는 오천 원이 기본이고 이제는 만 원이 되어 가고 있는 것 같다. 그래도 아직까지 한 움큼의 콩나물은 경화장에서 살 수 있는 가장 싼 물건이다. 그런데 콩나물 가게 아주머니의 중얼거림이 예사롭지 않다. "콩값이 올라서 천 원어치는 팔기 어려운데……."

언제까지 경화장에서 천 원짜리 콩나물을 살 수 있을지 자못 궁금해진다. 그래도 경화장은 한강 아래 제일 싸고 물건 좋은 오일장이다. 입춘이 지나고도 한동안 맵싸했던 추위가 한풀 꺾였다. 다가오는 장날엔 장도 볼 겸 나들이도 할 겸 진해 경화장 구경이나 슬슬 가 보는 것도 괜찮을 듯……. 살찐 봄 도다리에다 어린 쑥이면 봄 도다리 쑥국 끓여 먹기 딱 좋은 때이다.

시의 길, 깨달음의 길*

세상에 태어난 후 한 갑자 이상의 시간이 흘러갔다. 여태껏 인생이라는 길 위에서 무엇을 얻었고 무엇을 잃었는가. 아련한 삶의 굽이굽이 고비마다 무엇이 나를 여기까지 이끌어 왔을까. 알 수 없는 존재의 근원. 나는 왜 태어났는가. 나는 누구인가. 나는 어디에서 와서 어디로 가고 있는가.

아마도 십 대 후반부터였을 것이다. 원인을 알 수 없는 깊은 슬픔과 우울. 인생에 대한 여러 가지 의문들로 삶의 저변이 안개가 긴 것처럼 불투명해 보였다. 많은 책을 읽었고 자연스레 문학에 관심이 가기 시작했다. 더불어 인생의 근원에 대한 의문도 커졌다. 이십 대 초반까지 시와 구도의 길이 불투명한 미래와 뒤섞여 탁류처럼 흘러갔다. 잡으려 하면 할수록 멀어지는 무지개와 같이 몽롱하고 실체가 없는 것들과의 싸움 속에서 무던히 아파하고 괴로워했던 것 같다.

결국은 둘 다 나의 길이 아님을 인정했다. 시를 쓰기에는 나의 재능이 너무 박약해 보였고 구도의 길을 가기엔 현실적으로 희생해야 할 것들이 너무도 많아 보였다. 둘 다 잊고 살기로 했다.

여느 평범한 범부의 삶처럼 먹고살기 위해 바동거리기도 하고 간간이 주어지는 희로애락에 물들어 가면서 세월이 흘러갔다. 그런데도 마음의 한편에서는 알 수 없는 아련한 미련들이 봄 아지랑이처럼 한 번씩 나를 뒤흔들었다.

오십의 나이가 지나 다시 케케묵은 숙제를 삶의 전면에 내세워 보기로 했다. 이때가 아니면 더는 기회가 없을 것 같았고 이 문제를 해결하지 못하면 살아온 인생의 의미가 별로 없을 것 같아 보였다.

둘 다 부딪혀 보기로 했다. 불교 경전을 비롯하여 동서양의 수많은 구도자가 남긴 서적들을 탐닉하기 시작했다. 법륜 스님의 정토회에서 주관하는 깨달음의 장을 비롯하여 수행 단체의 수련원도 몇 군데 찾아다녔다. 유튜버라는 인터넷 도구를 통하여 쉽게 접할 수 있는 선지식들의 법문을 수도 없이 들었다. 찾기 위해 몸부림치고 몸부림치다 절망하는 시간이 무수히 반복되었다. 한편으로 밥 먹고 사는 데 별 지장이 없는데 내가 이것을 알아서 무엇을 할 것이란 말인가 하는 회의도 수없이 찾아왔다.

무엇이 문제인가. 똑같이 밥 먹고 똑같이 생각하며 살고 있는데 왜 나에게는 깨달음이 찾아오지 않는가. 깨달은 이들은 대자유를 누리며 살고 있는데 왜 나는 아직도 삶의 고통 속에서 뒤채고 있는가.

선지식들이 말하기를 깨닫기는 너무도 쉬워서 세수하다가 코 만지기보다도 쉽다고 하고 물속의 물고기가 물을 찾아서 헤매고 다니는 모습과 같다고 했다. 소를 타고 다니면서도 소가 어디 있는지 몰라 소를 찾아 헤매고 다닌다는 이 치명적인 아이러니. 선지식들이 하는 얘기니 틀린 말은 아닐 텐데 그렇다면 왜 수많은 구도자가 그것을 몰라 수년간 혹은 수십 년간 수행의 길을 걷다가 좌절하고 절망한다는 말인가.

찾기를 수년간 문득 어느 순간 심우도의 그림처럼 소의 모습이 선명하게 보였다.

아! 이것이구나. 잠시 인생의 모든 의문부호가 사라지는 기쁨이 나를 찾아왔다. 이것을 몰라서 이렇게 바보같이 찾아 헤매고 다녔구나. 이렇게 눈앞에 생생하게 살아서 숨 쉬고 있는데 이것을 알아보지 못하고 살았다는 것이 이해되지 않을 정도였다.

그러나 내가 알았다는 상에 사로잡혀 기쁜 것도 잠시였고 시간이 지나갈수록 스스로 의심의 구렁텅이 속으로 빨려 들어갔다. 이것이 정말 맞는가. 이렇게 쉬운 것을 몰라 수십 년간 공부를 한다는 말인가. 그런데도 불교 경전과 선지식들의 어록, 수많은 공안, 모든 걸 뒤져 봐도 오로지 한 가지 이것을 가리키고 있지 않은가.

무릇 형상이 있는 모든 것은 고정된 실체가 없는 것이다. 마치 꿈과 같고 환상과 같고 물거품 같고 그림자와 같은 것이다. 이것을 알게 되면 세상의 진실한 모습을 보게 되고 진리를 깨치게 될 것이다.**

만약 불성이 지금 이 몸에 있다고 한다면, 이미 이 몸 안에 있으므로 범부를 떠난 것이 아닌데 어째서 저는 지금 불성을 보지 못합니까. 다시 해석하여 속속들이 깨닫도록 해 주십시오.

그대 몸에 있는데도 그대 스스로가 보지 못할 뿐이다. 그대가 하루 가운데서 배고프다, 목마르다 하는 것을 알고, 춥다, 덥다 하는 것을 알고 혹 성내거나 기뻐할 줄 아는데 이것이 결국 어떤 물건인가. 이 몸은 지수화풍네 가지 요소가 모여 이루어진 것이라서 그 바탕이 둔하여 감정이 없으니어찌 보고, 듣고, 자각할 수 있겠는가. 능히 보고, 듣고, 자각할 수 있는 것은 반드시 그대의 불성이다. ***

비록 금생에 이르러 자신의 성품이 본래 공적(空寂)하여 부처와 다름이 없음을 금방 깨달았다 하더라도 오랫동안 익혀 온 습성은 갑자기 없애기가 어렵기 때문에 역경이나 순경을 만나면 성내거나 기뻐하며, 옳다, 그르다 하는 생각이 불처럼 일어났다 없어졌다 하여, 객관 세계에 대한 번뇌가그전과 다름이 없다. 그러므로 만약 지혜로써 공들이고 노력하지 않는다면 어떻게 이 무명을 다스려 크게 쉬는 경지에 이를 수 있겠는가. ***

지극한 도를 체득하는 일은 어려운 것이 아니다. 오직 분별하는 마음을 일으키지 않으면 된다. 싫어하고 좋아하는 분별심을 일으키지 않는다면 깨달음의 경지는 환하게 명백해질 것이다. ****

우습구나, 소 탄 자여
소를 타고 다시 소를 찾는구나*****

몇 분의 선지식들을 찾아 나섰다. 그래서 확인한 것은 단박에 깨쳐서 모든 미혹에서 벗어나는 사람은 지극히 드물다고 하는 사실이었다. 일단 알았다 하더라도 평생 동안 쌓아 온 습 때문에 그것을 닦아 가는 점수(漸修)

의 과정이 필요하다는 것이었다. 결국은 내가 쉼 없이 일어나는 생각을 나인 줄 알고 그것에 속아서 생각의 종으로 인생을 살아가고 있다는 것이다. 그리고 앞으로는 일어나는 생각에 더 이상 끌려가지 않고 공부가 더욱 깊이 익어 가면 된다는 사실을 자각하였다. 그래서 구도의 길은 끝이 없고 생이 마감될 때까지 공부하며 가야 한다는 것이다.

시의 길도 마찬가지가 아닐까 싶다. 시가 무엇인지 왜 써야 하는지 잘 알지는 못하지만 그저 주어진 대로 묵묵히 걸어가야 하는 공부길이 아닌가 싶다. 예전처럼 애써서 무엇을 하고자 하지는 않는다. 생각이 일어나면 쓰고 그렇지 않으면 쉴 뿐, 어차피 일어날 일은 일어나고 일어나지 않을 일은 일어나지 않는다는 사실을 알고 있기 때문이다.

나란 존재는 나의 의지와는 무관하게 알 수 없는 어떤 인연에 의해 육신을 가진 한 생명체로 이 세상에 주어졌다. 그래서 주어진 인연을 따라 흘러가다 보면 어느 순간 이 몸을 벗어야 할 순간이 찾아올 것이다. 그때까지 시를 쓰는 것도 깨달음 공부하는 것도 현실에 주어진 대로 무심히 행하며 가는 것이 나에게 주어진 숙명이 아닐까 생각해 본다.

* 이 글은 계간지 〈미네르바〉 2021 여름호에 발표한 글을 일부 수정하였음.
** 금강경.
*** 《보조국사 수심결》, 동국대 김원각 번역본.
**** 승찬대사 심신명.
***** 소요대사.

김 재 경 편

- 영어 공부 열심히 해 볼까

김 재 경

먹고사는 문제에서 자유로웠다면, 전 세계를 여행하고 원 없이 걷고 사진첩이나 책도 몇 권 썼을 것이다.

대학 들어와 내 인생을 담보할 무엇을 만들어야 한다는 현실과 자유, 낭만, 여유, 멋을 누려 보려는 이상은 처음부터 그 조화가 어려웠다. 고시 공부를 시작해 놓고 전원문학 회에도 애착을 버리지 못하는 나를 보고 강제 형이 술 먹다 "네 밥을 해결하려면 법 공부나 열심히 해라. 문학 하다가 밥도 못 먹는 수가 있다."라고 일갈했다.

큰 진척은 없었으나 이것저것 열심히 하다 보니, 세속적인 적당한 성과도 거두면서 독서, 여행, 사진, 걷기 등 취미도 나름 즐긴 편이다. 인문학적 소양을 더 넓히고 싶지만 눈이 힘들어하고, 여행과 걷기도 몸으로 밀어붙일 나이는 아니다.

내가 본격적으로 문학을 했었다고 하더라도 허수경처럼 컬러가 강하고 주목받는 작가가 되기는 어려웠을 것이고, 현실과 이상을 놓고 지극히 타협적으로 살아온 셈이라서 앞으로도 뭐 큰 변화가 있을 것 같지는 않다. 저녁상에 땡초 부추 찌짐 놓고 막걸리 마시며 피카소, 로뎅, 생텍쥐페리, 마다가스카르, 이문열, 이외수, 우수아이아, 피츠로이, 마라도나, 음바페를 자유로이 弄月하며 사는 것도 재미있을 것 같다.

전 서울중앙지검, 부산지검 검사.

17—20대(4선) 국회의원.

영어 공부 열심히 해 볼까

영어 때문에 울고 웃는 일이 비일비재한 세계화 시대이다.

최근의 일로는 막내가 영어 시험을 치르고 육군 통역병으로 입대한 일이 있었고, 집사람은 집중력을 높이고 뇌를 활성화시켜야 한다며 수시로 영어 회화 프로그램을 틀어 놓고 소란을 피운다.

이렇다 보니 자녀들의 영어교육에 대한 열성이 지나칠 정도로 고조되어 있다. 여기에 우리 교육제도에 만족하지 못하는 학부모들이 부부간에 떨어져 살기까지 불사하면서 조기유학을 보내는 경우도 적지 않은 것 같다.

정부에서는 이를 막아 보겠다고 여러 가지 대책을 내놓고 있지만, 속 시원한 해답을 찾기가 어렵다. 각 지방자치단체는 영어 마을이니 영어 학교 등을 만들어 수입도 얻고, 영어에 관심 많은 학부모들에게 저렴한 비용으로 서비스를 제공하겠다지만 이 역시 성공했다는 이야기는 아직 들어 보지 못했다.

대학생들 사이에서도 어려운 취업 관문을 돌파해 보려고 어학연수를 가는 경우가 허다하다고 한다. 학부모 입장에서는 등록금 부담만 해도 허리가 휠 지경인데, 연수 비용까지 부담하려니 이만저만 고생이 아닐 것이다. 그러나 남들이 다 간다는데 경쟁에서 뒤처지지나 않을까 하는 조바심에서 무리를 해서 보내는 모양이다.

오래전 경상대학교는 기숙사 중 한 동에서는 영어만 사용하게 하는 소위 '잉글리시 존(English Zone)'을 운영한 적이 있었다. 규칙을 위반하면 벌점을 받게 되고 이 누적 점수가 많아지면 강제 퇴실을 당하게 된다니 재미있기도 했었다. 당시 상당한 성과가 있다는 총장 말씀이 기억나는데 그 결과가 현재는 어떤지 궁금하다.

이런저런 경험 특히 몇 번의 해외여행을 통해 나의 영어 실력은 여지없이 바닥을 드러내었는데, 그때마다 법대는 입학 후 영어보다는 고시 공부를 하는 관행 때문이라고 변명했었다.

최근에는 서울 8학군 출신 법조인들이 공사석에서 워낙 출중한 영어 실력을 발휘하는 바람에 이제는 그 변명마저도 통하지 않게 되어 버렸다.

벨기에 브뤼셀에 형사 제도 세미나에 참가했을 때 일이다. 카드 키를 상의 호주머니에 넣은 채 깜박하고 문을 닫고 나왔다. 다시 방으로 들어갈 수가 없어 프런트에 가서 마스터키를 달라고 설명하는데 전혀 입이 떨어지지 않았다. 우물쭈물 뭐라고 했더니. 프런트 직원은 알 수 없다는 표정을 짓더니 갑자기 숙박료 계산지를 출력하여 내밀었다.

의사소통에 완전히 실패한 것이다. 이렇게 되니 더 말이 되지 않았다. 로비 소파에 한참을 앉아 있다가 그 옆에 있는 볼펜을 들고 계산지 뒷면에 쓰니 영어가 술술 나왔다. "My card—key is in the room with clothes. I need master key. Room number is 999." 이런 정도로 썼던 것 같다. 그것을 프런트로 가서 내밀었더니 직원이 웃으면서 다시 카드 키를 만들어 주었다. 말하기, 듣기보다는 독해 위주의 영어교육만 받았던 우리 세대의 한계가 적나라하게 드러나는 경우였다.

2006년경 한국관광협회가 관광산업 진흥을 위하여 필리핀 정부와 협의를 하게 되었다며 동행을 권유하여, 아내와 함께 필리핀을 방문할 기회가 있었다. 외국을 가면 입에 맞는 음식들이 없어 아침 식사 때 계란을 프라이로 두어 개 먹곤 하였는데, 그날 아침에는 아내가 피곤하다고 자는 바람에 혼자 식당으로 내려가게 되었다.

나는 계란의 노른자를 무척 싫어한다. 흰자만으로 된 프라이를 먹고 싶어도 이를 설명할 수 없으니 요리사가 만들어 주는 대로 가져와 숟가락으로 떠낸 후 먹는 수밖에 없었다. 그날은 큰 용기를 내어 설명을 했더니 잠시 후 내가 말한 대로 흰자만으로 된 프라이를 받아 맛있게 먹을 수 있었다.

다음 날 아침 아내와 함께 그 식당으로 내려와 어제 일을 자랑스럽게 설명해 준 후, 요리사에게 똑같은 표현으로 흰자만으로 된 프라이를 주문했다. 야채 등 다른 음식을 담아 프라이를 받으러 왔더니. 먼저 와 있던 아내가 눈을 동그랗게 뜨고 뭔가 이상하다는 표정을 지었다. 프라이팬에는 노른자만 두 개가 우스꽝스런 모습으로 익혀져 있었다. 검은색 프라이팬 바닥에 노란 동그라미 두 개라니….

한참을 웃었더니 요리사도 그런 생각을 했던지 함께 웃었다. 또박또박 천천히 다시 이렇게 설명했다. "Would you serve me two fried egg. I dislike yellow. Please separate it." 잠시 후 흰자만으로 된 두 개의 프라이를 받을 수 있었다. 전혀 문법과 용어가 맞지 않는 표현이었으나 의사가 통하기는 했던 것이다. 아마도 처음에는 그 요리사가 'dislike'를 'like'로 잘못 들었던 것 같았다.

유학 가서 경제학 박사학위를 받아 온 의원들과 하와이 세법 세미나에서 겪었던 낭패감, 두 아들이 자기들끼리 영어로 대화를 나누는 모습 등에서 자극을 받아 영어 실력을 좀 늘려 보자는 시도는 여러 번 있었으나 아직 성과는 미미하기만 하다.

　이제 집사람처럼 치매를 예방하는 데 도움이 될지도 모른다는 소박한 생각으로 영어 공부를 해야 하나 하는 생각을 하고 있다.

조구호편

- 날마다 좋은 날
- 사람을 꽃피게 하는 웃음
- 어른 김장하

조 구 호

문학평론가. 국어국문학과 졸업(87년).

저서: 평론집《문학과 세상을 위한 성찰과 전망》, 산문집《마음을 씻는 정자》, 학술서
《분단소설연구》외.

날마다 좋은 날

'날마다 좋은 날'(日日是好日)은 중국 당나라 때 운문종의 종조인 운문문언(雲門文偃, 864~949) 선사의 법어이다. 운문 선사가 수행자들에게 "이미 지나간 보름(15일) 이전의 일은 묻지 않겠다. 보름(15일) 이후에 대하여 한마디 일러 보라."라고 했는데, 아무도 대답이 없자 운문 선사가 한 말이다. 운문 선사는 모든 중생이 본래 부처이고, 1년 365일 하루하루가 즐겁고 행복한 날인데 사람들이 헛된 생각에 빠져 있다는 것을 지적한 것이다. 곧, 자기가 처한 현실을 직시하고 순간순간을 잘 대처하며, 즐겁고 행복하게 잘 살아야 한다는 것이다.

문언 선사의 말처럼 어떻게 하면 매 순간을 잘 대처하며 즐겁고 행복하게 잘 살 수 있을까? 신앙고백의 시로 유명한 이해인 수녀는 '서로 사랑하면 언제라도 봄'이라며 사랑하는 마음으로 하루하루를 살아갈 것을 노래했다. 자기 자신은 물론 주위의 사람과 사물 모든 것들을 사랑으로 대하면, 하루하루가 봄날처럼 밝고 따뜻한 삶이 된다는 것이다. 그리고 사랑하는 마음과 함께 감사하는 마음도 강조했다.

"감사하면 아름다우리라/ 감사하면 행복하리라// 감사하면 따뜻하리라/ 감사하면 웃게 되리라// 감사하기 힘들 적에도/ 주문을 외우듯이 시를 읊듯이/ 항상 이렇게 노래해 봅니다// 오늘 하루도 이렇게 살아서/ 하늘과 바다와 산을/ 바라볼 수 있음을 감사합니다"(〈감사의 행복〉 중에서)

이해인 수녀는 사랑하는 마음과 감사하는 마음으로 살면 매 순간이 즐겁고 행복해진다고 하며, 감사하기 힘들 적에도 주문을 외듯이 '감사합니다'라고 한다는 것이다. 그런 마음으로 살아가니, '오늘 하루도 이렇게 살아 있음을 감사하게 여기고, 하늘과 바다와 산을 바라볼 수 있는 것도 감사하다'는 것이다. 하루하루의 삶을 감사하게 여기고, 매일같이 대하는 하늘이나 산 등 주위의 사물들을 볼 수 있는 것도 감사하게 여기는 삶은 이해인 수녀처럼 신앙심이 깊은 사람이나 가능한 일이지 평범한 생활인은 그렇게 하기 쉽지 않다. 직장이나 가정에서 주어진 업무나 맡은 일로 시달리고, 직간접으로 연결되어 있는 갖가지 일들이 몸과 마음을 고달프고 번잡하게 하여 사랑하고 감사하는 마음보다는 고민과 짜증이 앞서기 때문이다.

그렇지만 하루하루의 삶을 감사하게 여기고, 매일같이 대하는 하늘이나 산 등 주위의 사물들을 볼 수 있는 것도 감사하다는 마음을 갖는 것은 조금만 생각을 바꾸면 가능할 것 같기도 하다. 하루 세끼 끼니 걱정을 하지 않아도 된다는 것만으로도 감사할 일이고, 추위와 더위를 걱정하지 않고 지낼 수 있는 집이 있다는 것도 감사할 일이다.

내가 초등학교를 졸업한 1970년대 초반에는 하루 세끼 끼니를 걱정해야 할 사람들이 많았다. 그때는 경제적 사정이 어려워 초등학교를 졸업하고 끼니를 해결하기 위해 생활 전선으로 내몰리는 청소년들이 적지 않았다. 여자아이들은 도시 가내공장의 보조 일꾼이나 부잣집의 식모가 되기도 했고, 남자아이들은 도시의 작은 상점이나 공장의 심부름꾼이나 부잣집 꼴머슴이 되기도 했다. 가난한 형편에 밥 먹는 입 하나를 줄이기 위해서였다. 그런 시절을 생각해 보면 하루 세끼 밥 먹는 것을 걱정하지 않아도 되니 얼마나 감사할 일인가?

밥뿐만 아니라 옷이나 신도 낡고 헤어져 못 입고 못 신는 것은 없다. 새로 산 옷과 신도 3~4년 정도 지나면 상태가 멀쩡한데도 싫증이 나서 버리고 새것으로 바꾼다. 잠자고 생활하는 집과 방 등 생활공간도 과분할 정도이다. 가족 모두 각자의 방이 있고, 보일러 스위치만 누르면 따뜻한 물이 나오고, 겨울에도 추위를 막아 주는 난방장치가 되어 있고, 여름에는 에어컨이 있어 더위 걱정도 없다. 여름에는 땀을 줄줄 흘리며 더위를 피해 그늘진 곳을 찾고, 겨울에 차가운 물에 손을 넣기 싫어 세수도 잘 하지 않았던 어린 시절에 비하면 모든 것이 감사할 일이다.

이렇게 감사할 일이 많은데도 감사한 마음보다는 불만과 불평이 많은 것은 무엇 때문일까? 작은 것에 감사할 줄 모르는 욕심과 이기심 때문일 것이다. 더 좋은 차와 집, 더 높은 지위와 명성, 성적 쾌락과 먹는 것을 비롯한 감각적 욕망 등 현재 가진 것들에 만족하지 못하고 끝없이 탐착하는 갈애의 늪에 빠져 허덕이기 때문인 것이다.

탐욕의 늪에서 벗어나기 위해서는 이해인 수녀가 강조한 것처럼 주어진 것을 사랑하고 감사하는 마음이 있어야 한다. 하루 세끼 밥걱정 안 해도 되는 것을 감사하고, 추위와 더위를 걱정하지 않고 지낼 수 있는 집이 있는 것을 감사하고, 하늘과 산을 볼 수 있는 두 눈이 건강한 것을 감사하고, 두 발로 마음대로 걸어 다닐 수 있는 것을 감사하고, 책을 보고 글을 쓸 수 있는 것을 감사하고, 남들에게 비난을 받지 않고 사는 것을 감사하고, 친구들과 어울릴 수 있는 것을 비롯해 현재 주어진 것들에 감사하는 마음을 가지면 불만과 불평은 줄어들 것이다. 내가 지니고 누리는 것에 감사하는 마음으로, 운문 선사가 말한 나날이 즐겁고 좋은 날이 되도록 해야겠다.

사람을 꽃피게 하는 웃음

서각을 하는 친구가 선물한 작품 중 내가 좋아하는 것이 '웃음'이라는 작품이다. 두 손바닥 정도 크기의 소품이지만 사람이 춤추는 모양으로 웃음 글자를 새긴 것이 재미있고 예술적인 감각도 엿보게 한다. 그리고 작은 글씨로 새긴 '사람을 꽃피게 하는 웃음'이라는 문구도 고개를 끄덕이게 하여 작품을 볼 때마다 웃음을 짓게 한다.

'웃음이 사람을 꽃피게 한다'는 작품 속의 말처럼 웃음은 묘한 힘이 있는 것 같다. 좋지 않은 일로 언짢고 불편한 사람도 웃으며 다가오면 외면하기 어렵고, 어색하고 무거운 분위기도 누군가가 재치 있는 말이나 이야기로 웃게 만들면 분위기는 금방 바뀐다. 웃음이 사람의 마음을 우호적이고 긍정적으로 변화시키고, 분위기를 밝고 따뜻하게 만드는 것이다. 혼자 있을 때도 미소를 짓게 하는 일들이 떠오르면 기분이 좋아지고 하던 일도 즐겁다. 그래서 틱낫한 같은 분도 혼자 명상을 할 때도 가만히 미소를 지으라고 한 것 같다. 무표정하게 명상을 하는 것보다는 미소를 지으며 명상하는 것이 몸과 마음을 더 평온하게 하고, 활력도 북돋아 준다는 것을 몸소 겪고 느낀 것이 아닌가 싶다.

그렇지만 웃으면서 사람을 만나고 웃으면서 일을 하긴 쉽지 않다. 웃는 것보다는 입을 닫고 가만히 있는 것이 점잖고 의젓한 모습이라고 배우며 자란 탓도 있고, 웃으면서 즐겁게 지낼 만큼 정신적 물질적 여유도 없었기 때문인 듯하다. 어린 시절부터 잘 웃고 이야기를 많이 하면 가벼운 사람이라고 핀잔을 받기도 했고, 어색하거나 덤덤한 분위기를 좋게 하기 위해 우스운 이야기라도 하면 싱거운 사람으로 취급받기 십상이었다. 당시는 먹고사는 것이 넉넉지 않아 웃으며 서로를 따뜻하게 대할 여유가 별로 없었다. 길거리에서 쳐다보고 웃는다고 시비가 붙는 일도 허다했고, 학교에서 선생님에게 웃는다고 주의를 받고 회초리를 맞기도 했으며, 집에서도 밝고 환한 웃음소리가 나는 경우는 극히 드물었다. 다들 먹고사는 일이 각박하니 웃을 여유가 없었던 것이다. 그만큼 하루하루 살기가 힘들었고, 살기 위해 발버둥을 쳤던 것이다.

삶이 어렵고 각박하여 하루하루가 전쟁터나 다름없다고 하더라도 웃음을 잃게 되면 삶은 더욱 피폐해지고 미래에 대한 희망마저 잃기 쉽다. 사람들이 힘들고 어려움을 참고 견디는 것은 미래에 대한 희망 때문이다. 오늘보다 나은 내일을 기대하며 힘들고 고단함을 참고 견디며 하루하루를 살아가는 것이다. 이러한 삶에 웃음은 서로를 감싸 주는 온기이자 위안의 묘약이 된다. 당나라 때 무착 스님은 '성 안 내는 얼굴이 참된 공양구'라고 했다. 웃는 얼굴이 재물 이상의 값진 보시라는 것이다. 《논어》에서도 얼굴을 따뜻하게 해야 한다고 했다. 곧, 웃는 얼굴로 생활하고 사람을 대하라는 것이다.

웃음이 스트레스를 해소하고 건강한 생리작용을 촉진한다는 것을 널리 알려진 이야기이고, 의학적으로도 인정된 것이다. 웃음학의 아버지로 일컬어지는 노먼 커즌스(Norman Cousins, 1912~1990)는 불치병이라는 진단을 받고 나름대로 그것을 이겨 내기 위해 고민하고 연구한 결과 웃음이 스트레스를 해소하여 몸과 마음이 균형을 회복할 수 있다는 것을 알게 되었고, 웃으면서 생활하기 위해 노력한 결과 놀라운 치료 효과가 나타났다.

그는 자신의 경험을 체계화하여 '웃음 치료학'으로 정리했는데, 그것이 의학계의 인정을 받아 UCLA 의과대학의 수업 과목으로도 채택되었다. 그리고 그는 '모든 환자는 자기 안에 자기의 의사를 지니고 있는데, 그 의사는 웃음'이라고 했다.

웃음과 관련된 지미 카터 미국 대통령의 이야기도 많이 알려져 있다. 카터는 정치에 입문하여 일이 안 풀리고 힘든 시절을 보내다가 어느 날 문득 자신의 인상이 너무 날카롭고 우울해 보인다는 사실을 깨닫고, 그때부터 매일 아침 일어나 웃는 연습을 했다고 한다. 심지어는 웃을 때 이빨이 몇 개 정도 드러나야 가장 이상적인 모습인지까지 연구할 정도로 열심히 노력했다. 그러자 고민했던 일들이 하나씩 풀리고 대통령까지 하게 되었다는 것이다.

노먼 커즌스나 지미 카터의 이야기가 아니더라도 웃음은 기분을 좋게 하고, 생활에 활력을 준다는 것을 모두 잘 알고 있다. 그렇지만 사람들은 그들처럼 삶을 변화시키고 병을 치료하기 위해 억지로라도 웃으려고 노력하지는 않는다. 그들처럼 절실하지 않기 때문일 것이다. 나도 그런 사람 중의 하나다. 웃으면서 일하고 웃으면서 생활하면 좋다는 것을 알지만 그렇게 하지는 못하고 있다. 웃을 일이 없는데 웃으려고 하면 어색하고, 또 억지로 웃으면 마치 조금 모자라는 사람처럼 느껴지기도 하기 때문이다. 이것은 웃음과는 친숙한 사이가 아닌, 어느 정도 거리를 두고 살아왔기 때문일 것이다.

웃음을 강조하는 사람들은 억지로라도 웃어야 한다고 한다. '웃을 일이 있어서 웃는 것이 아니라, 웃어야 웃을 일이 생긴다'는 것이다. 웃음이 웃음을 낳는다는 말이다. 웃음이 웃음을 낳도록 웃음과 친해지도록 노력해야겠다. 마치 낯선 이방인을 대하듯 어색하고 데면데면했던 웃음과 하루에도 몇 번씩 찾는 친밀한 사이가 되어 삶이 웃음으로 활짝 꽃피게 하고, 그 꽃의 향기로 주위도 아름답게 되도록 만들어 가야겠다.

어른 김장하

〈어른 김장하〉는 지난해 31일과 올해 1월 1일 MBC경남에서 진주 남성 당한약방 원장 김장하 한약사의 삶을 다룬 다큐이다. 방송에서 어른이 없는 이 시대에 젊은이들이 존경하고 본받고 싶은 어른으로 김장하 선생의 삶을 조명했다. 나도 개인적으로 인사를 나눌 정도의 면식은 있었지만, 다큐 〈어른 김장하〉를 보고 새로운 사실도 많이 알게 되었고, 어른의 모습에 대해서도 생각해 보게 되었다.

김장하 선생은 1943년 사천에서 태어났다. 가난한 집안 형편으로 중학교 졸업 후 학업을 이어 가지 못하고 삼천포의 한약방에 점원으로 취업했다. 일을 하면서도 틈틈이 공부해 19세인 1962년에 당시 최연소로 한약종상 면허 시험에 합격하여 1963년 사천 용현면에서 한약방을 시작했다. 사천에서 10년 동안 약방을 운영하다가 1973년 진주로 이전하였고, 진주에서 50년 가까이 운영하다가 지난해 5월 약방의 문을 닫았다. 한약방의 문을 닫는다는 소식에 많은 사람들이 아쉬워하며 김장하 선생에게 감사의 인사를 전하는 사람들로 폐업하는 남성당한약방이 며칠 동안 분주했다고 한다. 지난 수십 년 동안 진주에서 어른으로서 역할과 또 지역사회의 든든한 후원자로서 해 온 일들에 대한 감사 인사일 것이다. 그런 이야기를 듣는 것만으로도 기분이 좋아지고 마음이 따뜻해지는 것 같았다.

김장하 선생이 존경받는 것은 가난하고 소외된 계층에 대한 관심과 후원, 그리고 더 나은 사회를 위한 노력과 헌신이 아닌가 싶다. 선생은 40대부터 집안 형편이 어려운 학생들에게 장학금을 지급했다. 장학금 지급 기준은 성적이 아니라 집안 형편이었다고 한다. 우수한 인재를 발굴하기보다는 가난하여 공부를 하기 어려운 처지의 학생에게 공부할 수 있는 기회를 주고자 했던 것이다. 선생의 장학금을 받은 사람이 수백 명이나 되고, 그중에는 법관·교수·연구원·교사 등 여러 분야에서 활동하는 인물도 많지만, 선생은 그들에게 무엇을 바라거나 요구한 적은 없었다고 한다. 장학금을 받은 한 사람이 '특별한 존재가 되지 못해 죄송하다'고 하자, 선생은 '평범한 사람이 사회를 지탱한다'며 그 사람을 격려했다고 하니, 꼭 무엇이 되기를 바라고 장학금을 지원한 것이 아니라는 것이다. "똥은 쌓아 두면 구린내가 나지만 흩뿌려 버리면 거름이 돼 꽃도 피우고 열매도 맺는다."라며 젊은 인재를 키우는 거름의 역할을 한 것이다. 그리고 장학금을 지급하면서도 한 번도 전달식을 하거나 자기를 드러내는 일은 일체 하지 않았다. 평소의 소신인 '주었으면 그만'이라는 무주상보시를 한 것이다. 그것은 1984년 학교법인 남성학숙을 설립해 명신고등학교를 개교하여 1991년 국가에 헌납한 것에서도 알 수 있다. 선생은 명신고등학교를 헌납하면서 아무런 조건 없이 그냥 헌납했다고 한다.

선생이 장학사업 다음으로 관심을 갖고 노력한 것이 진주 지역의 역사와 문화를 발굴하고 알리는 일이었다. 선생은 '진주문화연구소', '남성문화재단', '형평운동기념사업회' 등을 설립하는 데 앞장섰다. 진주문화연구소에서는 《빛고을 진주》라는 정기간행물과 《진주문화를 찾아서》라는 시리즈 책자 물로 진주의 역사와 문화를 정리하고 알렸다. 진주에서 시작되어 전국으로 확산된 '형평운동'의 역사적 의미를 재조명하고 기념하기 위한 형평운동기념사업회를 1992년 결성하여 10여 년간 이사장을 맡았고, 형평

운동을 재조명하기 위한 학술 행사도 적극 지원했다. 지역의 차별받고 소외된 계층을 위해서도 지원을 아끼지 않았는데, 진주가정폭력피해여성지원센터의 설립도 선생의 후원이 결정적인 계기가 되었다. 이외에도 진주환경운동연합 고문, 한국가정법률상담소 진주지부 이사장, 지리산살리기국민행동 영남 대표 등 여러 단체의 임원을 지내며 여러 시민사회단체들에 지원을 아끼지 않았다.

시민들의 참여가 사회를 바꾼다는 생각에서 지역의 바른 언론을 위해 '진주신문' 창간에 주도적인 역할을 하였고, 창간 이후 10여 년간 이사장을 맡아 재정적인 지원을 했다. '권력이 두려워하는 것이 하나는 있어야 한다'며 권력과 금력에 눈치를 보지 않고 바른 소리를 하는 언론의 역할을 강조했다. 선생의 지론과 같이 진주신문은 진주 지역 부패 세력의 비리를 적발하여 고발하다가 갖은 협박과 곤욕을 당했고, 심지어 대법원에까지 가는 소송에 시달리기도 했다. 진주신문이 대법원까지 가는 소송을 감당할 수 있었던 것도 선생의 지지와 후원이 큰 힘이 되었다고 한다.

선생의 더 나은 사회를 위한 노력은 고난도 없지 않았다. 반민족연구소의 친일인명사전 작업이 자금이 없어 존폐의 위기에 처했을 때 선생이 자금을 지원했는데, 이 일이 알려져 극우 인사들로부터 협박에 시달리기도 했다. 그뿐만 아니라 선생의 지역사회를 위한 노력을 시기하고 못마땅해하는 인사들도 적지 않았다. '자기 혼자 잘났나'는 식의 비난과 험담이 나오기도 했다. 그렇지만 선생은 그런 협박이나 비난에 개의치 않고 더 나은 사회를 위하는 일이라면 지원을 아끼지 않았고, 자신도 앞장서기를 주저하지 않았다. 진주가 다른 중소 도시에 비해 시민 단체가 활성화된 것도 선생의 지원과 후원이 큰 역할을 했다.

내가 초창기부터 심사 위원의 말석에서 참여했던 '진주신문가을문예'도 선생의 업적 중의 하나이다. 지연과 학연, 인맥과 금맥이 크게 좌우하는 우리 문학계의 폐단에서 벗어나 오직 작품만으로 당선을 결정하는 문인 등단의 장을 마련하고자 '진주신문 가을문예'를 제정했다. 그래서 '진주신문 가을문예'는 '심사'와 '상금', 그리고 '운영위원'이 깨끗한 '삼청'의 문학 행사라고 전국적인 명성을 얻기도 했다.

선생은 어른다운 일만 한 것은 아니다. 어른을 모시는 일도 잘했다. 이제 고인이 된 당시 지역의 원로였던 한학자 진암 허형, 서예가 은초 정명수 같은 분들을 매년 초여름이면 찾아뵙고, 그분들을 함께 모시고 식사를 대접했다. 지역의 어른들을 어른으로 모시는 일에도 소홀하지 않았던 것이다.

선생은 가난하고 소외된 계층을 후원했고, 더 나은 사회를 위해 노력했다. 그리고 지역의 어른들을 모시는 일에도 소홀하지 않았다. 그러면서도 자기를 드러내거나 알리는 일은 하지 않았다. 언론의 인터뷰는 일체 거절했고, 언론에 보도되는 것도 달가워하지 않았다. 자신을 드러내지 않으면서 더 나은 사회를 위해 노력해 온 것이다. 그런 선생의 모습은 어른이 없다고 하는 우리 시대에 어른의 참모습이 아닌가 싶다.

이영달편

- 아이스하키 구경

이 영 달

저는 사천에서 나고 자랐습니다.

제 또래 처지가 비슷하지만 젊어서는 시집가서 농사꾼이자 전업주부로, 장년에는 소도시 시장의 옷 또는 신발 가게를 꾸렸습니다. 쉰이 넘어서야 못 배운 데 포원이 져서 대입검정을 거쳐 과기대를 다니고, 경상대학에서 문학을 배웠지만, 바탕이 바닥이라 쉽지 않습니다.

겪고 느끼는 바를 챙기는 방편으로 글을 써 보지, 세상이나 사물을 헤아리고 간추리는 능력도 모자랍니다.

경상대학교 대학원 국문과 수료 동대학원 산림자원학과 석사

한국문협, 펜클럽, 진주수필문학회, 뉴욕미동부문학회 회원으로 활동하며, 심심하여 진주서 '글꽃향기'란 사랑방도 열어 놨다.

저서: 수필집 《색동고무신》.

수상: 〈에세이 포레〉 신인상.

아이스하키 구경

딸 덕분에 뉴욕에서 아이스하키 구경을 했다.

경기장인 메디슨 스퀘어 가든에 들어서자 타원형으로 된 건물을 천장이 덮고 있다. 유에스 오픈 경기 때처럼 비를 맞거나 하는 불편은 당하지 않겠다, 마음이 놓인다.

스퀘어 가든 천장에 커다란 화면이 팔각으로 달려 있고, 팔각 밑에 여남은 개 붙은 조명들이 얼음판에 무늬를 만들어 낸다. 경기에 쓰일 선들이 얼음 밑에 그려져 있고, 청소차 두 대가 북극곰이 돌아다니듯 어슬렁거린다.

유명 가수가 나와 아메리카를 노래하고, 그 뒤에는 군악대 복장을 한 다섯이 성조기를 들고, 심판 뒤에 양쪽 선수가 줄을 섰다. 관중들도 일제히 일어섰다가 노래가 끝나자 자리에 앉는다.

심판인 듯한 넷이 속도를 내어 얼음을 분수처럼 발밑으로 쏟아 내며 경기장을 서너 바퀴 돌자 관중들이 환호성 지른다. 뉴욕 레인저스(흰옷) 대 버팔로(빨간 옷)의 경기다.

화면에 선수들이 차례대로 비치는 모습부터 멋지다. 엉거주춤한 몸짓으로 걸어 나오는 것은 로봇이 아니라 골키퍼였다. 그 뒤를 따르는 선수들은 사냥하는 매처럼 얼음판에 날아들었다.

규칙이라도 정하는가. 심판 넷이 짝을 지어 마주 보며 얼음을 탄다. 선수들은 몸을 풀면서도 서로 발에 걸려 넘어지고 자빠진다.

불이 환하게 밝혀지면서 첫 경기가 시작되었다.

심판이 중앙에서 손에 쥔 덕을 바닥에 놓으면 스틱으로 먼저 치는 팀이 덕을 가져간다. 선수들은 골키퍼까지 6명씩이다. 처음부터 미끄러지고, 뒤집히고, 벽으로 밀려가 사정없이 부딪힌다. 성난 황소들을 보는 듯하다. 스포츠 경기들 가운데 유일하게 백인들로만 짜였다. 다른 운동은 운동신경이 있으면 커서도 시킬 수 있지만 아이스하키는 어릴 때부터 얼음판에서 놀아야 장차 선수로 자랄 수 있을 터이다. 한마디로 돈이 없으면 시키지 못할 운동이랄까.

선수교체는 시간제한이 없다. 경기를 시작하자마자 수시로 들락날락, 무더기로 한다. 싸움도 종류가 있는지 심판이 말릴 때도 있고, 스스로들 그만둘 때까지 기다렸다가 퇴장시키기도 한다. 싸움을 하다가도 덕이 보이면 쏜살같이 덕을 쫓아간다. 플레이에 최선을 다하는 선수는 아름답다. 나무에 매달린 원숭이들처럼 얼음판 위에서 온갖 재주를 다 부린다.

레인저스가 덕을 날리는 횟수가 많은 걸 보니 첫 골은 레인저스가 넣을 듯싶다. 버팔로 선수가 반칙을 하다 한 명 퇴장당한다. 퇴장은 2분인데 2분 안에 팀에서 덕을 넣으면 들어온다. 버팔로가 덕을 넣었다. 버팔로가 1 대 0으로 레인저스를 앞선다. 레인저스가 이기리라던 내 예측은 또 빗나가는가, 맞을 때가 있긴 한가?

선수가 경기장을 나갈 때는 스틱이나 모자가 떨어지면 주워서 나가야 할 텐데 그냥 나간다. 경기 규칙을 잘 모르는 나는 걱정이다. 경기하다 걸려 다치기라도 할까 봐 내버려 둔 스틱에 눈이 떨어지지 않는다.

레인저스도 1회전에 한 골을 넣어 버팔로와 비기기라도 바라는 사이 1회전 경기가 끝났다. 버팔로 1 레인저스 0이다.

게임 20분, 쉬는 시간 10분이었다. 정해진 쉬는 시간이 아니더라도 일이 생기면 수시로 쉰다. 카메라에 담긴 전광판의 주인공이 의자에서 일어나 춤을 춘다. 할머니다. 짚동 같은 몸으로 어떻게나 신나게 춤을 추던지 어느 팀이 이길까, 졸이던 마음이 다 달아난다.

2회전은 시작하자마자 레인저스가 덕을 넣었다. 1 대 1이 되었다. 레인저스 덕을 넣은 선수는 올해 엠브이피를 받은 선수란다. 버팔로가 반칙을 한다. 성이 났나 보다. 뉴욕팀 선수의 발을 걸어 넘어뜨렸다. 2분 동안 2명이 퇴장하자 남은 버팔로 3명의 스틱이 더 바쁘다.

두 사람이나 비었을 때 어서 한 골 넣어야지! 레인저스가 또 한 골을 넣었다. 이번에는 엠브이피를 받은 선수가 어시스트를 해 준 것이 들어갔다. 관중들이 신이 났다.

선수가 벽에 심하게 부딪혀 바닥에 몇 바퀴 구른다 싶더니 피가 난다. 데리고 나간다. 좋은 일 뒤에는 안 좋은 일이 생긴다. 주거니 받거니 하더니 연거푸 레인저스가 한 골 더 넣었다. 3 대 1이다.

불상사가 많이 생긴다. 골대 양쪽은 유리벽이 50m는 되겠는데, 골대가 아닌 쪽 사람 키 두 길이나 넘는 담을 덕이 넘어가 관람객 머리에 맞았다. 운영진들이 관중석으로 가서 다친 사람을 밖으로 데리고 나간다. 레인저스가 또 넣었다. 이것도 엠브이피 받은 선수가 어시스트를 했다고 했다.

두 번째 게임은 공이 잘 터진다. 버팔로도 한 골을 넣었다. 3 대 2가 되었다. 재미있게 되어 간다. 북극곰 차가 어린아이를 한 명씩 태워 손을 흔들며 얼음 바닥을 정리한다. 버팔로 골키퍼는 구부리고 있고, 레인저스 골키퍼도 로봇처럼 어정쩡한 모습이다. 나는 텔레비전에서 아이스하키 경기를 본 적이 있다. 그때는 별로였던 것이, 현장에서는 이렇게 다를 줄 몰랐다. 힘이 솟아나는 게임이다.

처음엔 속도가 빨라 덕이 어느 편 손에 가는지 모를 경우가 많다. 이번엔

확실하게 보았다. 버팔로 골키퍼가 덕을 잡았다. 어느 쪽도 아닌 내가 환호성을 지르고 있었다.

버팔로 한 명이 반칙을 해서 나갔다.

레인저스 선수가 벽에 심하게 부딪쳐 기절을 한 모양이다. 사람들이 다가가 기다리자 이윽고 넘어진 선수가 일어난다. 경기장 밖으로 데려간다. 두 선수가 치고받고 싸움이 붙어도 심판은 말리지 않고 기다린다. 싸움이 끝나자 선수 퇴장이다. 경기는 점점 재미있어진다.

덕이 날아가는 속도는 번개가 튀는 듯하다. 골키퍼가 퇴장당할 때도 있고, 대신 다른 선수를 넣어 경기를 할 때도 있다. 골키퍼가 없는데도 공이 안 들어간다.

세 번째 게임이다. 덕이 공중으로 높이 올라갔다가 내려온다. 버팔로가 한 점을 넣었다. 3 대 3이다.

그것으로 끝난 줄 알았는데 관중들이 움직이지 않는다. 연장전이 시작됐다. 승리의 깃발은 레인저스의 체면을 구겼다. 4 대 3으로 버팔로의 승리였다. 저들은 두 손을 높이 들고 뉴욕 거리를 지나갈 것이다. 진 팀이 있어야 이긴 팀도 있겠지, 딸이 뉴욕에 산다고 나까지 레인저스 편을 들까!

소설

우재욱 편

- 해커(경중편소설)

우 재 욱

1948년 경남 남해에서 태어났다. 1974년 〈현대시학〉으로 등단한 후 〈세계일보〉 신춘
문예에 수필이, 〈문화일보〉 신춘문예에 동화가 당선되었다. 약 5년간 향리에서 교편
생활을 하다가 1978년부터 포스코에 근무하면서 홍보과장, 홍보실차장, 홍보실부장,
기업문화실장 등을 지냈다. 2002년 포스코교육재단 이사보를 끝으로 직장 생활을 접
고, 2006년 현재 기획사 '패스커뮤니케이션'을 경영하고 있다.
저서: 시집《칼을 버리면 갑옷도 벗으마》,《서울은 자살하기에 딱 좋은 곳이다》, 산문
집《삐삐와 깜박이》,《양심과 이기심이 권투장갑을 끼면》등.

해커

연후가 곧 죽는다. 녀석은 이미 그 길로 들어서 버렸다. 선배는 일주일을 넘기기가 어려울 것이라고 했다. 그런 말을 아무렇지도 않은 표정으로 건넬 수밖에 없는 의사라는 직업이 매우 비정하게 느껴졌다. 서울의 더 큰 병원으로 옮겨 보고도 싶었지만 선배의 이야기에 다 부질없는 짓이란 생각이 들었다. 마침 선배가 뇌종양 외과 과장이었기 때문에 나는 그래도 병의 예후에 대해서 비교적 소상한 설명을 들을 수가 있었다.

"길어야 열흘 정도야. 그만 퇴원시키는 게 좋겠어."

선배는 컴퓨터 화면에 뜬 MRI 화면을 들여다보며 퇴원을 권했다.

"집에다 데려다 놓고 제가 어떻게 감당을 하겠습니까. 어떻게든 병원에다 둬야지요."

"집에서도 진통은 가능할 거야. 뇌압이 치솟지 않도록 뇌실절개를 해 두었기 때문에 큰 문제는 없을 거야. 뇌압만 잡히면 저게 다른 암처럼 그렇게 통증이 심하지는 않아. 물론 자네로선 난감하겠지만 말이야."

나는 선배와 함께 자판기 커피 한 잔씩을 뽑아 들고 병원 잔디 정원 한쪽에 자리 잡은 벤치를 찾았다. 겨울 한복판 영하의 날씨 사이에 알 박은 듯 끼인 따뜻한 날의 햇살은 주위를 살갑게 어루만졌다. 모처럼 푸근한 날씨에 꽤 많은 환자와 가족들이 정원 여기저기에 자리하고 있었다. 그러나 병원은 어차피 병원이었다. 세로무늬 환자복에 링거 줄을 치렁거리면서 수

액걸이 바퀴를 굴리는 환자나 그 곁을 조심스레 따르는 가족들의 표정은 여기가 공원이 아님을 일러 주고 있었다.

"들어 봐야 부질없는 일인 줄 뻔히 알고 있습니다만, 대체 뭐가 어떻게 된 겁니까?"

"그냥 머리통에 암종이 생겼다고 생각하면 돼. '상피성 뇌하수체 선종'이라고 뇌암 중에서도 예후가 나쁜 종류야. 생판 모르는 사람이라면 나도 말을 조심스럽게 하겠지만, 자네에겐 그럴 필요가 없지 않겠어. 현재 상태는 의사들이라면 누구나 알 수 있는 거야. 서울이 아니라 그 어디를 가도 마찬가지야."

"증세가 나타나자마자 어떻게 그렇게 갑자기 악화됩니까?"

"암이라는 게 원래 그래. 증세가 나타났을 때는 이미 상당히 진행된 상태거든. 좀 일찍 발견되었더라도 결과는 별다를 게 없어. 원체 악성인데다 위치도 나쁘고⋯. 이럴 때 의사들은 무력감에 빠지게 되는데, 가슴이 답답해지지. 진통은 내가 도와줄 테니까 그만 퇴원시키도록 해. 계속 병원에 두면 입원비가 꽤 나올 거야. 그나저나 자네하고는 어떤 관계야?"

"전 녀석이 바이러스라는 생각을 가끔 합니다."

"무슨 엉뚱한 소리야! 하긴 암 환자에게선 바이러스가 발견되는 것이 보통이지. 그런데 사람을 보고 바이러스라니⋯."

"컴퓨터바이러스 말입니다."

"컴퓨터바이러스? 허허 이 사람, 의사더러 컴퓨터바이러스 치료해 달라고 할 텐가. 참 그렇지. 자네가 그쪽 전문가 아닌가."

선배는 내가 바이러스 이야기를 꺼냈다가 갑자기 컴퓨터바이러스로 비약해 버리자 어이가 없는 모양이었다.

"사실 회사에서도 요즘 컴퓨터바이러스 때문에 보통 골치가 아픈 게 아닙니다. IoT라고 들어보셨죠. 사물인터넷 말입니다. 전자업계에선 지금 세계적으로 이걸 두고 기업의 사활을 건 경쟁에 들어갔어요. 우리는 이걸 휴대폰에 적용하는 연구를 진행하고 있는데, 아무래도 저희 시스템이 해킹을 당한 것 같아요. 회사에서는 지금 비상이 걸렸어요. 남의 시스템에 몰래 숨어들어 정보를 훔쳐 내거나 바이러스를 침투시켜 데이터나 프로그램을 파괴해 놓는 것을 해킹이라고 해요. 또 그런 짓을 하는 사람을 해커라고 하죠."

선배는 내 이야기에 약간 관심을 보였다.

"네트워크니 정보의 바다니 하는 그런 데서 일어나는 일인가?"

"간단히 말하자면 그렇죠. 저희 팀에서 개발이 거의 완료된 회로도를 관리하고 있는데, 아무래도 해킹을 당한 것 같아요. 게다가 악성코드까지 침투시켜 놓았는데 좀처럼 잡히지 않아요. 회로도가 밖으로 빠져나갔다면 이건 보통 문제가 아닙니다. 저희 회사 연구진이 총동원되어 올해 최고의 역작으로 내놓기 직전인데, 이게 물거품이 될 수도 있습니다. 자료를 빼가지는 못했다 하더라도 시스템 자체가 먹통이 되어 있으니 아무래도 이사건으로 중징계를 당할 것 같아요."

"그걸 예방하거나 복구할 방법은 없나?"

"애를 쓰고 있죠. 온갖 백신을 다 동원하고 있는데, 작동시키면 시킬수록 점점 더 부서져 나가고 있으니…. 원체 독한 놈을 침투시켜 놨나 봐요. 바이러스를 잡기 위해 백신을 개발하고 백신을 이겨 내기 위해 더 강력한 바이러스가 만들어지고 하는 겁니다. 세균을 퇴치하기 위해 항생제가 나오고 항생제에 맞서 내성균이 생겨나고 다시 고단위 항생제가 개발되고 하는 끝없는 싸움과 같은 거지요. 사이버공간에서는 쳐들어오는 쪽을 블랙해커, 막는 쪽을 화이트해커라고 하는데, 해커들의 전쟁이 벌어지고 있는 거죠. 흑기사와 백기사의 싸움 말입니다."

선배는 컴퓨터바이러스를 세균과 항생제에 비유하는 내 이야기에 다소 흥미를 느끼는 눈치였다.

"컴퓨터 분야에서 왜 바이러스니 백신이니 하는지 모르겠어."

"그게 가장 정확한 표현이거든요."

"그러고 보니 자네 요즘 그 일로 스트레스를 받아서 그 애가 바이러스쯤으로 보이는 거 아냐?"

"그게 아니고요. 걔를 보면 어쩐지 컴퓨터바이러스 같다는 생각이 든단 말입니다. 녀석을 오랫동안 봐 온 제 느낌입니다."

"그건 또 무슨 소리야?"

"생겨나지 말아야 할 것이 제 뜻과는 상관없이 생겨나서 제 뜻과는 상관없는 짓을 쉴 새 없이 저지르는 것이 꼭 컴퓨터바이러스 같다는 말입니다. 이를테면 얽히고설킨 비극 같은 거죠. 녀석은 거대한 인연의 바다, 그 복잡한 프로그램의 어느 한 띄어쓰기 부분에 코머 하나가 잘못 입력되어 생겨난 바이러스는 아닐까 하는 생각이 든단 말입니다."

"이 사람이 갑자기 존재론에 심취했나. 세상 사람 중에 제 뜻대로 태어난 사람이 어디 있겠나?"

"저 녀석은 더더욱 그렇습니다."

"생김새도 깨끗하고 심성도 매우 착해 보이던데."

"바이러스라고 해서 갖출 걸 못 갖춘 줄 아세요. 그것도 아주 정교한 하나의 프로그램이에요. 이를테면 정규군과 게릴라부대 정도의 차이라고 보면 크게 틀리지 않을 겁니다. 그리고 바이러스가 저지르는 일은 사람으로 치면 스스로의 의지나 신념이 아니라 몸에 실린 기질 같은 것입니다."

"자네 오늘 매우 현학적이구먼."

선배는 나의 엉뚱한 측면이 의외라는 듯 입술에 웃음을 머금고 있었다.

"사람들은 흔히 의지나 신념을 매우 고귀하고 강력한 것으로 생각하지만, 실은 기질이나 끼에 비하면 아무것도 아니라는 생각을 요즘 들어 많이 하게 되었어요. 예를 들어 의지나 신념으로 음악을 하는 사람과 음악적인 끼를 타고난 사람은 출발부터가 다르다고 봐요."

구름이 정원에 그림자를 드리우자 바람기가 약간 싸늘해졌다. 표백제로 씻어 낸 듯한 하얀 병동 건물은 서둘러 사람들을 불러들였다. 그러나 선배는 이런 사변적인 대화에서 도피해 버리는 것은 지식인의 태도가 아니라는 듯 의식적으로 내 이야기를 받아 주고 있었다.

"그래 그 아이에게 무슨 독특한 끼라도 실려 있다는 말인가?"

"그 녀석은 끼가 아니라 아예 고약한 살(煞)이 끼었나 봐요."

"왜 그런 생각을 하게 되었나?"

"지금까지 죽을 고비를 수도 없이 넘겼어요. 시골에 있을 때는 독사에 물리지를 않나, 벼락에 감전되지를 않나, 물에 빠지지를 않나, 낭떠러지에서 구르지를 않나, 일일이 다 들먹이려면 끝도 없어요. 그런 일들이야 일어날 수 있는 일이라고도 하겠지만, 흔치 않을 일 아닙니까. 그런데 녀석은 그 흔치 않은 일들을 혼자서 다 꿰차고 살아온 겁니다. 제 딴엔 잘해 보려고 하는 일인데, 무슨 일만 시작하면 꼭 재앙이 따라다녀요. 그런데 그걸 또 묘하게 이겨 내요. 그래서 이번에도 저러다가 낫겠지 했어요."

사실 녀석이 겪으며 살아온 일들을 꼬치꼬치 이야기하려면 밤을 꼬박 새워도 모자랄 것이었다. 그건 일이 묘하게 되었느니, 재수가 없느니, 누가 저주를 했느니 하는 그런 말로 표현될 수 있는 정도가 아니었다.

"글쎄, 자네하곤 어떤 관계냐니까?"

"그게 말씀드리기가 좀 복잡합니다."

아내와 나는 녀석을 집으로 옮겨다 놓고 선배가 연결해 준 재가 간호 시스템의 힘을 빌려 수액제에 진통제나 섞어서 찔러 주는 수밖에 없었다. 참으로 기구한 인연으로 세상에 태어나서 따뜻이 돌봐 주는 살붙이 하나 없이 죽어 가고 있다는 사실이 무신경하고 이기적인 내가 보기에도 안쓰럽기 짝이 없었다.

그동안의 치료비는 제가 모아 놓은 돈으로 이럭저럭 충당을 해 왔고, 모자라는 돈은 내가 얼마큼 보태기도 했지만, 이제는 돈도 돈이려니와 조금만 있으면 숨을 거두게 될 녀석의 뒷감당을 어떻게 해야 하느냐 하는 문제가 나로서는 더 큰 걱정거리였다. 장사 한 번 치러 본 일이 없는 나로서는 그 뒤치다꺼리가 더 난감한 일일 수밖에 없었다. 더구나 회사에서는 지금 해킹 사건으로 전산팀 전원이 며칠씩 밤을 새며 온통 난리가 났는데, 녀석까지 저러고 있으니 머리가 혼란스럽지 않을 수 없었다.

눈발이 조금씩 날리고는 있었지만 바른쪽으로 바다를 끼고 휘어져 뻗어 있는 이 차선 포장도로를 낡은 승용차는 그런대로 가볍게 달렸다. 우중충한 겨울 하늘은 안개에 뒤덮인 희부연 해면을 무겁게 짓누르고 있었고 바다는 힘겨운 듯 몸을 뒤채고 있었다. 운전석 위의 실내 경에는 백발을 곱게 빗어 넘긴 할아버지가 두터운 검정 테 안경을 끼고 정중한 자세로 앉아 있었다. 요즘으로서는 좀처럼 보기 힘든 흰 두루마기 차림의 할아버지는 눈과 코와 이마만 남기고는 하얀 수염이 온 얼굴을 덮고 있어서 자세히 알아볼 수는 없었지만, 첫눈에 어디서 본 듯한 느낌을 주었다. 어쨌거나 나는 이 할아버지 덕분에 지금 송천으로 가고 있다. 혹시 예약이 취소된 좌석이라도 있을까 하고 버스 승차구에 매달려 있는 내 앞에 이 할아버지가 나타난 것이었다.

"젊은이, 표를 구하기는 틀린 것 같소. 나도 송천으로 가야 하는데 젊은

이가 운전을 할 수 있다면 같이 갑시다. 차는 있어요."

할아버지가 안내한 곳에는 연식이 까마득해 보이는 낡은 승용차가 쭈그리고 있었고, 우리가 다가가자 운전석에 앉아 있던 개량한복 차림의 젊은이가 내렸다. 젊은이는 허리를 거의 직각으로 굽혀 인사를 하고 돌아섰다. 궂은 날씨에 낡아 빠진 고물 승용차를 몰기가 내키지 않았지만, 한시가 급한 나로서는 선택의 여지가 없었다. 나는 어떻게 이런 할아버지가 차를 구했으며, 어떻게 생면부지의 사람에게 운전을 맡기는지 의아하게 생각할 겨를도 없이 핸들을 잡았다.

어제 서부지방에 내린 폭설 주의보 때문에 차를 두고 버스로 내려온 것은 어쩔 수 없는 일이었다 해도, 오늘이 연휴가 겹친 주말이라는 생각을 못하고 보통 때의 시간에 맞추어 나선 것이 잘못이었다. 시외버스터미널은 표를 구하려는 사람들로 북적거렸고, 송천행 표는 벌써 동이 나 버린 상태였다. 하긴 일찍 나설 형편도 아니었다. 웬만하면 내일 하루쯤 결근을 하는 한이 있더라도 연후 녀석의 문제를 확실히 해 놓고 와야 할 일이었다. 하지만 회사에다 그런 얘기를 했다가는 역적 취급을 받고 말 것이었다. 일요일 하루 틈을 내는데도 오만 눈치를 다 살피면서 간신히 빠져나오지 않았는가. 지금 평일 휴일을 따질 형편이 아님은 다른 사람이 아닌 내가 더 잘 알고 있는 터였다.

큰집 형들은 아예 내 얘기를 들으려고도 하지 않았다. 당사자가 아닌 제삼자로서 남의 이야기를 듣듯 딴청을 부릴 뿐이었다. 어제 고향에 도착하고서부터 거의 밤을 새다시피 하면서 입씨름을 했고, 오늘도 집을 나설 때까지 어떻게 좀 대책을 마련해 줘야 할 게 아니냐고 몇 번이나 닦달을 해봤지만 헛수고였다. 참 야속하고 무책임한 사람들이다 싶은 생각이 나를 무척 화나게 했다.

"아니 형님, 지금 당장 애가 죽어 가는 판인데 저한테만 모든 걸 떠맡기겠다는 겁니까. 그럴 수가 있습니까?"

"자네한테 떠맡기겠다는 게 아닐세. 내가 올라가려면 돈이라도 좀 마련을 해야 할 게 아닌가. 맨손으로 올라가 봤자 도움은커녕 자네한테 되레 폐만 끼치게 될 거구."

올라갈 뜻도 없거니와 만약에 올라가더라도 그 일처리에 돈 한 푼 보탤 수 없다는 사실을 먼저 못 박아 두는 말투였다.

"돈 필요 없습니다. 그러니 지금 당장 함께 올라갑시다. 지금 돈이 문제가 아닙니다. 오늘내일하는 판인데, 당장이라도 죽으면 제가 혼자서 어떻게 감당을 합니까. 어디다 묻어 주든지 뼛가루라도 날려 주든지 해야 할 게 아닙니까. 저는 그래도 전화를 드렸을 때만 해도 곧장 올라오실 줄 알았습니다."

"그때야 그렇게 급한 줄은 몰랐지."

사촌 형들은 어떻게든 함께 올라가지 않을 구실만 찾고 있었다. 그래도 큰형은 마지못해 말대답이라도 했지만 나머지 두 형은 아예 이야기 속에 끼어들지도 않고 담배만 빨아 대고 있다가 밤이 이슥해지자 슬그머니 일어나 버렸다.

"좀 앉아들 있게."

큰형이 같이 앉아 있기를 바라는 것은 닦달을 당해도 같이 당하자는 심산일 터였다. 내 목소리는 그만큼 커져 있었고 큰형은 혼자서 방어선을 지키느라 지쳐 가고 있었다.

"참 그놈의 자식, 제 복도 없는 놈이지만 남의 속도 어지간히 썩이는구먼."

"복이 없건, 속을 썩였건 지금 죽어 가고 있습니다. 형님은 명색이 외삼촌 아닙니까."

"그 외삼촌 소리 좀 치우게. 외삼촌은 무슨 말라죽을 외삼촌인가. 내 자네 한텐 여러 가지로 미안한 마음 갖고 있지만, 내가 어떻게 걔 외삼촌인가?"

큰형은 외삼촌이라는 말에 버럭 역정을 냈다. 그 한마디를 꼬투리 잡아 분위기를 뒤집고자 하는 의도가 다분했다.

"그럼 전 뭡니까? 제가 왜 혼자 감당을 해야 합니까?"

나는 화가 치밀었다. 꼭 이렇게 나온다면 지금 올라가는 대로 아직 살아 있건 이미 송장이 되었건 간에 형님네 집에다 떠메다 놓겠다고 윽박지르고 싶었다. 내가 그렇게 한다고 해도 나더러 심하다고 할 사람은 아무도 없을 것이었다. 그러나 차마 그 말을 입 밖으로 내뱉지 못한 것은 어릴 때부터 매겨져 온 종형제 간의 엄중한 집안 질서 때문이었다.

할아버지는 예의 그 정중한 자태를 잃지 않고 백의의 초상화처럼 실내경을 독차지하고 있었다. 검정 테 안경은 그 주위에 주어진 하나의 악센트와도 같았다. 나는 갑자기 할아버지의 안경이 거북살스러운 벽처럼 느껴졌다.

연후는 세상에 태어나지 않았어야 할 녀석이었다. 아비의 얼굴이라곤 사진으로도 본 적이 없고 어미 또한 저를 낳은 자리에서 숨을 거두었기 때문에 외삼촌과 외사촌들 사이에서 죽지 못해 살아온 녀석이었다. 외삼촌도 말이 외삼촌이지 죽은 제 어미와는 피 한 방울 섞이지 않은 남남이었다. 내가 외삼촌이라는 말을 꺼내자 큰형이 버럭 역정을 낸 것도 그 때문이었다.

그러니까 큰집 백부께서 상처를 하고 재실을 보면서 집안이 뒤죽박죽이 되어 버린 것이었다. 백부에게 시집온 새 큰어머니는 전남편의 소생인 딸을 하나 데리고 왔는데, 그 딸이 바로 연후의 어미인 것이다. 어미부터가 의붓아비, 의붓남매들 사이에서 서럽게 살다가 기구하게 죽어 간 그런 여자였다. 더구나 큰어머니는 나중에 알고 보니, 이미 오래전에 신이 들렸는데도 집안의 반대로 내림굿을 못 해 무병을 앓고 있었다.

나의 아주 어렸을 때의 기억이지만 큰어머니는 대청마루의 선반 위에 신줏단지를 모서 놓고 손을 비비며 뭐라고 중얼거리다가 제상에 놓았던 과일이나 과자 같은 것을 나에게 집어 주기도 했다.

문중에서는 난리가 났다. 조상 대대로 뼈대 있는 가문인데, 이게 무슨 변괴냐고 떠들기 시작했고, 종가 어른은 우리 가문에 망조가 들었다고 장탄식이었다. 우리 문중에 그런 며느리를 둘 수 없으니 내쫓아야 한다는 것이었다. 말이 며느리지 그때 이미 쉰을 훌쩍 넘긴 큰어머니는 그런 일이 있고서부터는 신줏단지 모시는 일을 그만두는 척했지만, 그러다가도 집에 사람이 없으면 또 그 일을 시작하곤 했다. 큰아버지는 짐짓 모른 척하기도 했고 일부러 자리를 피해 버리기도 했지만, 어쩌다 큰형에게 발각이라도 되는 날이면 어김없이 모든 제물이며 제상이 박살 났다. 그러고 나면 큰어머니는 며칠씩 앓아눕곤 했는데, 마치 백치처럼 말이 없는 딸이 옆에 쪼그리고 앉아 눈물을 떨구곤 하는 것을 나는 더러 본 적이 있었다.

나이로 치면 아래 두 형보다는 위였지만 형들은 그녀를 누나라 부르지 않았고 또 그렇게 생각하지도 않았다. 다만 나는 어머니가 시키는 대로 누나라고 불렀고, 그렇게 부르는 나를 누나는 무척 귀여워했다.

누나는 우리 집에서 침식을 해결하는 날이 많았고, 어머니는 누나에게 입을 만한 옷가지를 나누어 주기도 했다. 나는 누나랑 잠자리에 드는 것이 좋았다. 형도 누나도 없는 나로서는 남의 누나가 무척 부러웠는데, 갑자기 누나가 생기는 바람에 무척 흐뭇한 마음이었다. 진종일 말 한마디 없이 들판에 나가 죽으라고 일만 하는 누나였지만 나와 함께 잠자리에 들면 이야기를 곧잘 했다. 나는 뒤쪽으로 고구마와 볏섬 따위를 쟁여 놓은 행랑방에서 누나의 이야기를 들으며 잠이 들곤 했다.

고속도로에는 갈수록 더 많은 눈이 쌓여 있었다. 차창에 부옇게 김이 서리기 시작했다. 밖에서는 와이퍼가 부지런히 눈을 털어 냈고, 안에서는 쉴 새 없이 수건으로 김을 닦아 냈지만, 나는 주행이 불안스러워 와이퍼가 닦아 낸 부채꼴의 시계에다 눈을 박고 조심조심 차를 몰았다. 아내에게 연락이라도 해 주어야 하는데, 큰집을 나설 때 안주머니의 휴대폰이 '나 배가 고파 죽습니다' 하고 삐삐 소리를 내더니 이내 꺼져 버렸다. 전화를 하려면 강변휴게소까지 가야 한다.

백미러 속의 할아버지는 여전히 깎아 앉힌 듯이 미동도 않고 있었다. 나는 할아버지의 얼굴에 걸린 거북살스런 안경을 벗겨 버리고 싶었다. 그것만 걷어 내면 누군지 기억해 낼 수 있을 것 같았다. 누굴까? 뭔가 잡힐 듯, 잡힐 듯하면서도 도무지 떠오르지 않았다. 반짝이는 안경알 때문에 할아버지의 시선이 어디에 가 있는지 알 수는 없었지만 이상하게도 나는 그 둥근 벽으로부터 쏟아져 나오는 시선을 따갑게 느끼고 있었다. 그리고 그 벽 속에 감금된 것 같은 이상한 불안감이 감돌기 시작했다. 나는 좁은 포위망 속에서 희미해져 버린 기억의 퍼즐들을 주워 맞추기 시작했다.

누나가 외눈박이에게 시집간 것은 내가 초등학교에 갓 입학한 때였고, 미치광이가 되어 쫓겨 온 것은 시집간 지 석 달도 채 못 되어서였다. 누나는 그 외눈박이에게 시집가지 않겠다고 도망을 쳤다가 붙잡혀 오기도 했다. 결국 누나는 새 옷 한 벌 지어 입고 이웃 마을 외눈박이 머슴의 손에 이끌려 갔다. 나는 손등으로 눈물을 훔치며 저수지 둑방 길로 걸어 나가는 누나를 멍하니 바라보았다.

그러나 누나는 결국 쫓겨 오고 말았다. 사람들은 누나를 미쳤다고 했다. 처음에는 그냥 정신이 좀 모자란 사람 같기만 했는데 시간이 갈수록 점점 더 심한 미치광이가 되어 갔다. 밤낮을 가리지 않고 온 들판, 산판을 쏘다니는가 하면 알 수 없는 소리를 지껄이기도 하고 히죽히죽 웃기도 했다. 동네 아이들은 누나에게 돌멩이를 던지기도 하고 꼬챙이로 찌르기도 했다. 나는 그때마다 아이들과 싸움을 벌이다가 얻어맞곤 했다. 내가 얻어맞을 때면 누나는 금세 말짱한 정신이 되어 나를 붙들고 울었다. 그러나 그때뿐이었다. 밤낮없이 쏘다니는 일이 계속되었다. 형들은 누나가 집으로 들어오기만 하면 몽둥이를 휘둘러 내쫓아 버렸다.

큰어머니는 누나가 그렇게 되자 다시 신줏단지를 모시기 시작했다. 뭐라고 중얼거리면서 비손을 할 때는 누가 옆에 가도 알아차리지 못했다. 한참 휘파람 소리를 섞어 가며 비손을 할 때면 몸을 부들부들 떨면서 울음소리도 웃음소리도 아닌 괴상한 소리를 내질렀다. 그 소리는 몸이 오싹해지도록 섬뜩하게 들렸다. 그런데 이상한 것은 큰어머니가 비손을 하기만 하면 밖을 쏘다니던 누나가 어김없이 집으로 돌아오는 것이었다. 큰어머니는 돌아온 딸을 제상 앞에 앉히고는 잎이 너풀거리는 대나무 가지로 전신을 털어 내면서 예의 그 섬뜩한 소리를 내지르곤 했다. 그러다가는 또,

"아이고 이것아, 그냥 뒈져 버려라. 네가 복이 조금이라도 있으면 어미보다 먼저 죽을 것이고 그렇잖음 혼자 살아서 세상에 다시없는 천덕꾸러기가 될 게다."

하면서 한숨을 짓곤 했다.

나는 담배가 피우고 싶어졌다. 그러나 백미러 속 할아버지의 정중한 자태와 검정 테 안경으로부터 쏟아져 나오는 강렬한 기운이 호주머니로 들어갔던 손을 도로 끌어냈다. 할아버지의 안경이 멋대로 돌아다니는 내 의식을 다시 붙들어 맸다. 떠오르지 않는 것을 자꾸 떠올리려고 안달을 하는 나 자신에게 짜증이 났다.

"젊은이, 담배 피우고 싶으면 피우시오."

할아버지는 고맙게도 내 마음을 읽고 있었다.

큰어머니가 큰 대(竿)를 준비하고 큰굿을 시작한 것은 누나가 집을 나간 지 닷새가 되는 날이었다. 큰어머니 말고도 징을 잡은 무당이 둘이나 더 자리를 잡았다. 마침 큰형이 출타 중이라 안심하고 굿을 시작한 것이었다. 대문 앞에서부터 조그만 황토 무더기가 띄엄띄엄 놓이고 그 위에 소금이 뿌려졌다. 제물도 여느 때와는 달리 걸게 차려졌다. 돼지머리에다 삼베까지 필째로 놓였고, 제상 앞에는 볏짚을 추려 만든 인형도 하나 놓여 있었다.

동네 사람들이 마당 가득 모였다. 큰어머니는 소금 한 줌을 입에 털어 넣고 물을 마신 뒤, 한참 헛트림을 하더니 징을 잡았다. 큰어머니의 사설은 알아들을 수가 없었지만 매우 구성진 가락을 만들어 내면서 징 소리와 어울려 흥겹기까지 했다. 큰어머니는 다른 두 무당과 함께 한참 동안 징을 두들기면서 사설을 풀다가 미친 듯이 대를 잡고 온 마당을 휘젓기 시작했다.

―휘이 동자야 동자야 우리 동자야―

구경꾼들은 공연히 신명이 나는 듯 어깨를 들썩거렸다.

―동자야 어서 오너라 어서 어서―

큰어머니는 계속 동자를 부르고 있었다. 동네 아낙들이 수군거리기 시작했다.

"아이구, 저 아낙네가 동자 선생을 몸주로 모신 모양이야."

"동자 선생을 모신 무당은 신고가 많다던데."

"동자 선생은 장난이 심하고 곁눈질이 많아 불러도 잘 와 주지를 않는다는구먼. 그래서 자꾸 저렇게 부르는 모양이야."

나는 아낙네들이 무슨 말을 하는지 도무지 알아들을 수가 없었다.

온 마당을 휘젓는 큰어머니의 춤사위는 더욱 격렬해지고 무당들은 더욱 세차게 징을 두들겼다. 격렬한 징 소리는 온 마을을 압도하고도 남음이 있었다. 한참을 뛰고 솟던 큰어머니는 갑자기 대를 곧추세우고 가늘게 떨기 시작했다. 눈이 두 배나 커지는가 싶더니 온몸을 비틀면서,

—이이잇 이야—

하고 괴성을 질러 댔다.

큰어머니는 한참을 그렇게 소리를 지르더니 떨리는 손으로 제상 밑에 있는 보자기를 풀었다. 아기 옷 한 벌이 나왔다. 그걸 볏짚 인형에 입히기 시작했다.

—옳지 옳지 우리 동자 왔구나 옳지 그렇지 자 옷 입고 아이구 예뻐라 예뻐라—

나는 큰어머니까지 미치광이가 되는 게 아닌가 싶어 어머니의 손을 꼭 잡았다. 이때 온 손이며 얼굴이 상처투성이가 된 누나가 한마당 꽉 찬 사람들 사이를 뚫고 들어와 제상 앞에 엎드렸다. 머리는 풀어 헝클어지고 옷은 갈기갈기 찢겨 있었다. 사람들이 크게 웅성거리기 시작했다. 큰어머니는 볏짚 인형에 옷을 다 입히고는 다시 춤을 추며 사설을 풀기 시작했다.

천관 석존 제석님은 천상에 득죄하여
인간 청에 내려와서 목실로 생애하사
한세월을 보내더니 마마 부인 만나실 제
어느 가중 인품 보고 어느 가중 인물 보아
사주 청단 걸어다가 백년가약 맺은 후에
명당 터전 잡을 적에 팔도 풍수 청구헌다

동네 아낙들이 다시 수군거리기 시작했다.

"아이구, 저 여편네 제석풀이 참 잘도 허네. 내 한다 하는 굿청에 다 가 봤지만 저렇게 신명 나는 제석풀이는 처음 보것구먼."

"제석풀이는 아무것도 아니라는 거야. 바리데기 한마당 풀면 산새, 들새 가 다 모인다는 거 아녀."

"저 여편네가 내림굿을 못 해서 그렇지, 옳은 선생 만나서 제대로 영신만 했다면 신딸이 돼도 참으로 큰 신딸이 됐을 거구먼. 공수 주는 게 그리 영 험타는데, 누구 여기 서방질한 사람 있으면 들통나기 전에 도망치는 게 좋을 거구먼. 어린 동자 선생이 이 말 저 말 가리겠어. 있는 일, 없는 일 다 까발려 놓을 텐데."

나는 동네 아낙들이 무슨 소리들을 하고 있는지 도통 알아들을 수가 없었다.

큰어머니는 한참 흥을 돋우면서 사설을 풀더니 문득 멈추고는 터질 듯 한 눈으로 제상을 똑바로 바라보고 뚝뚝 잘리는 목소리로 소리를 질렀다.

—일어나거라 동자야 어서 일어나거라 어서 어서—

나는 깜짝 놀라 어머니의 치맛자락에 매달렸다. 눈을 의심할 수밖에 없는 일이었다. 볏짚 인형이 뒤뚱거리면서 일어서는 것이 아닌가. 사람들의 입에서 탄성이 터져 나왔다. 제상 앞에 죽은 듯이 엎드려 있던 누나가 갑자기 인형을 안고 미친 듯이 춤을 추기 시작했다. 큰어머니와 무당들은 더욱 격렬하게 징을 두들기며 빠르게 사설을 풀어 나갔다. 큰집 마당만이 아니라 온 세상이 함께 들썩거리는 것만 같았다.

이때였다. 대문 박차는 소리가 우당탕하더니 큰형이 들이닥쳤다.

"뭐 하는 짓들이야! 내 철들고는 우리 집에서 징 소리 낸 일 없다. 집구석이 망하려니 별 잡것들이 다 들어와서 지랄들이야, 지랄들이."

형은 고래고래 소리를 지르며 제상을 걷어차 버리고 대도 분질러 버렸다. 볏짚 인형도 갈기갈기 찢어 버렸다. 큰어머니는 외마디 비명을 지르며 찢어진 인형을 쓸어안고 온 마당을 뒹굴었다. 비명 소리는 마치 날카로운 것으로 철판을 긁어 대는 소리와도 같았다. 찢어지는 듯한 비명이 이어지면서 누나는 쏜살같이 대문 밖으로 달아났고, 무당들도 징을 내팽개치고 도망쳐 버렸다.

큰어머니가 끝까지 말문을 닫고 있다가 어머니가 떠 넣어 주는 물만 몇 모금 받아먹고는 '누가 올 것이여' 하는 말을 마지막으로 눈을 뜬 채 숨을 거둔 것과, 물에 흠뻑 젖은 누나가 등에 바랑을 진 남루한 차림의 어떤 남자에게 들려 온 것은 이틀 뒤의 일이었다.

큰형은 누나를 집에 들여놓으려 하지 않았다. 누나는 우리 집 행랑방에 뉘어졌다. 남자는 바랑에서 염소 똥처럼 생긴 환약을 꺼내더니 물에 개어서 누나의 입에 흘려 넣었다. 그리고는 누나의 정수리에다 침을 놓았다. 성냥개비만큼이나 굵고 만년필만큼이나 긴 침이었다. 그 큰 것이 누나의 정수리를 뚫고 들어가는 것을 보고 나는 기겁을 했다. 갓난이들이 아직 머리통이 덜 여물어서 발록발록하는 바로 그 자리에 그 큰 침이 들어가는 것이 아닌가. 나는 내 정수리를 만져 보았다. 어떻게 그것이 들어가는지 알 수가 없었다. 남자는 침을 뽑고는 그 자리에다 약쑥을 비벼 뜸을 놓았다. 나중에 들은 이야기지만 정수리에 놓는 침은 미치광이나 머릿속에 병이 생긴 사람에게 시술하는 마지막 침으로 정문혈(頂門穴)이라는 대단히 어려운 시술이라는 것이었다.

누나는 꼭 사흘 만에 정신을 차렸다. 그러나 남자는 근 한 달 동안 침을 놓았다. 그때마다 누나는 비명을 질렀고 남자는 누나의 머리채를 감아지고 참아야 한다고 소리쳤다.

누나는 자리를 털고 일어났다. 미치광이 병도 차츰 나았다. 오랜만에 말

쑥하게 면도를 하고 새 옷으로 갈아입은 남자는 하얀 피부에 기품이 넘쳐 보였다. 움푹 들어간 눈에 약간 구부정한 자세로 뒷짐을 진 모습이 기품을 더해 주고 있었다.

남자는 아버지와 함께 한지에 우리 식구들의 이름을 써 놓고 목성이니 토성이니 하면서 알아들을 수 없는 말들을 했다. 또 생시를 물어보고는 역마살이니 고살이니 하면서 이야기를 이어 갔다. 어머니께 저게 무슨 말이냐고 물어보았지만, 어머니는 너희들은 몰라도 된다고만 했다. 아버지는 그 남자가 알 수 없는 사람이라고 했다. 그냥 시골구석에서 살아온 예사 사람은 아닌 것 같은데, 어째서 이런 델 와서 세월을 잊고 있는지도 알 수 없을 뿐더러 자기 자신에 대해서는 한마디도 입 밖에 내지 않는 것이 더욱 이상하다는 것이었다.

"선생, 선생은 어떻게 여길 오게 되었고, 어디서 저 아이를 업고 오셨소?"

아버지는 궁금증을 견디다 못해 어머니에게 술상을 차리라 이르고는 이렇게 물었다.

"그냥 젊은이라고 불러 주십시오. 선생이라는 말이 참 부담스럽습니다. 세상살이가 모두 연이고 업일 뿐이죠."

"연이고 업이라. 그렇다면 산문에 계셨던가요?"

"절간살이도 좀 했습니다만 중노릇한 일은 없습니다. 유복한 가정에 태어난 것까지는 좋은 인연이었지만, 제가 져야 할 업은 참 무겁기만 합니다."

"도무지 무슨 말씀인지 모르겠군요."

아버지는 매우 답답하다는 표정이었다.

"세상살이란 모두 보이지 않는 인연과 업보의 끈에 따라 이루어지지요. 인간으로서는 뛰어넘을 수 없는 그런 계율 같은 것이 있습니다. 계율을 모르면서도 계율대로 사는 것이 인간입니다만, 사람에 따라서는 그런 끈이 희미하게 보이는 경우도 있습니다. 그런 건 보이지 않는 것이 마음 편한 일입니다만, 그걸 어렴풋이 볼 수 있게 되는 것도 업이라고 할 수밖에 없지요."

술잔에는 막걸리가 침전되어 누런 액이 떠올랐다. 남자는 젓가락으로 저어서 한 모금 입을 축이고는 말을 이었다.

"흔히 옷깃만 스쳐도 인연이라고 하지 않습니까. 우리가 한 번도 본 일이 없는 서양 어느 나라의 사람일지라도 한세상에 같이 살았다는 것만으로도 인연이 있는 것입니다. 비단 사람과 사람 사이에만 연이 있는 것이 아니고, 짐승이나 나무 심지어는 돌멩이나 물과 같은 무정물에까지 인연의 끈은 닿아 있습니다. 그렇다고 한다면 이 세상의 인연의 끈이라는 게 얼마나 복잡하게 얽혀 있겠습니까. 이 세상을 살아가는 어느 한 사람에게 걸쳐 있는 인연의 끈만 해도 사람의 상상력으로서는 짐작할 수도 없습니다. 사람들이 흔히 쓰는 가장 큰 숫자 단위가 '조' 정도입니다. 조의 일만 갑절이 '경(京)'입니다. 계속 일만 갑절로 해(垓), 자(秭), 양(穰), 구(溝), 간(澗), 정(正), 재(載), 극(極)까지 나옵니다. 다음부터는 무려 일억 갑절씩 늘어나죠. '극'의 일억 갑절이 항하사(恒河沙), 계속 일억 갑절로 아승기(阿僧祇), 나유타(那由他), 불가사의(不可思議), 무량대수(無量大數)로까지 이어집니다. 무량대수라고 하면 1 다음에 동그라미가 무려 128개나 붙는 숫자입니다. 그러나 이런 숫자마저도 겨우 한 사람의 인연의 끈을 헤아리기에도 어림없는 숫자입니다. 사람이 둘로 늘어나면 두 배가 될까요, 아니면 제곱수가 될까요? 아닙니다. 수백억, 수천억 제곱, 아니 그런 숫자로는 해결이 안 되는, 그야말로 상상을 절하는 수의 세계가 나타납니다. 그런데 이 세상의 그 많은 사람들, 그 많은 생명체들, 그 많은 물상들이 한꺼번에 어우러지는 그 굵고 가늘고, 질기고 여린 인연의 끈이란 건 과연 어떻겠습니까. 그런데 그렇게 복잡하게 얽혀 있는 끈의 어느 한 올이라도 건드리게 되면 사람으로서는 도저히 감당할 수 없는 재앙이 따르게 됩니다. 누구나 인연대로 업보대로 살아야 합니다. 그런 것들이 보이지 않는 보통 사람들은 인연대로 업보대로 살아갑니다. 사람들의 삶 자체가 인연의 실천입니다. 그러나 그게 조금 보이는 사람들은 자꾸만 그걸 건드려 보고 싶은 유혹에 빠져듭니다. 정말 지독한 유혹이죠. 그러나 그걸 건드린다는 건 정말 큰일 날 일입니다.”

남자의 차분한 이야기는 아버지의 궁금증을 덜어주기는커녕 오히려 더해 주고 있었다.

“선생은 대체 어디서 오셨소?”

“그냥 떠도는 못난 인생입니다.”

우리 집에는 사람들이 끊기 시작했다. 어떻게 소문을 듣고 왔는지 사주를 보러 오는 사람, 이름을 지으러 오는 사람, 침을 맞으러 오는 사람, 약을 지으러 오는 사람, 주로 그런 사람들이었다.

강변휴게소가 가까이 다가왔다. 이런 속도라면 열 시가 넘어야 송천에 닿을 수 있을 것 같다. 숨을 헐떡이고 있는 녀석을 두고 안절부절못하고 있을 아내의 얼굴이 떠올랐다. 백미러 속의 검정 테 안경은 미동도 않고 굳은 자세로 앉아 있었다. 나는 할아버지를 기억 속에서 찾아내는 작업을 포기하고 말았다. 요즘은 이상하게도 엊그제 만나 인사를 나눈 사람도 이름은 고사하고 누구인지조차 기억하지 못하는 일이 자주 일어났다. 더구나 오늘처럼 심란한 마음가짐으로는 더욱 어려울 수밖에 없는 노릇이었다. 그러나 나는 나도 모르는 사이에 자꾸만 백미러 속으로 빨려 들어가서 그 검은 벽과 충돌을 일으키고 있었다. 나는 그 검은 벽을 허물어 버리고 싶은 충동을 간신히 억제하면서 강변휴게소로 들어섰다.

“할아버지, 전화 좀 하고 오겠습니다. 뭐 드시고 싶은 것 있으면 말씀하

세요."

"다녀오시오."

신호음이 떨어지기가 무섭게 아내가 전화를 받았다.

"아 난데, 지금 여기 강변휴게소야."

"빨리 오지 않고 뭐 하세요. 전화도 안 되고. 지금 숨을 헐떡이고 있는데, 곧 숨이 넘어갈 것 같아요. 무서워 죽겠어요."

"전화 배터리가 다됐어. 김 대리한테 이야기해 뒀는데, 안 왔어?"

"김 대리님이 계시니까 제가 이렇게 전화라도 받죠. 그러게 내가 뭐랬어요. 내려가 봐야 아무 소용없다고 했잖아요. 공연히 시간만 뺏기고."

"침착해. 김 대리 시키는 대로만 하라고. 그리고 회사에서 연락 없었어?"

"회사에서도 두 번이나 전화가 왔어요. 한밤중이라도 도착하는 대로 빨리 회사로 나오래요."

"뭐 좀 잡히는 게 있대?"

"데이터를 빼 가지는 못한 것 같대요. 조금씩 복원이 되고는 있는데, 당신이 빨리 와야겠대요. 접속 시간을 추적해 들어가면 범인을 찾을 수도 있을 것 같대요. 그리고 휴게소에 배터리 고속 충전하는 데가 있을 거예요. 연락이라도 돼야 덜 답답하죠."

"그 시간에 가는 게 나아. 내 부지런히 갈게."

누나와 그 남자는 큰집 아래채로 옮겨 갔다. 돈벌이가 된다고 생각한 큰형이 불러들인 것이었다. 동네 사람들은 그 남자를 침쟁이라고 했다. 어머니는 나에게 침쟁이라는 말을 못 하게 하고 대신 매부라고 부르라고 했다.

매부는 약은 아무에게나 지어 주었지만 침은 아무에게나 놓아 주지 않았다. 침을 맞으러 오는 사람이 있으면 먼저 윗도리를 벗기고서는 한참 동안 명치 밑을 누르고 있다가, 이 사람은 내가 고칠 수가 없으니 다른 데로

가 보라고 하기도 하고, 어떤 사람은 며칠씩 계속해서 침을 놓아 말끔히 고쳐 주기도 했다. 또 어떤 때는 명치 밑을 한참 누르고 있다가 뒷문을 열고 밖으로 나가 세수를 하고 들어와서는 다시 눌러 보기도 했다. 세수를 하러 나가는 매부의 이마에는 땀방울이 송알송알 맺혀 있었다. 몇 번을 그러다가는 안 되겠다고 하면서 침놓기를 거절하기도 했다. 어떤 사람에게는 당장 침을 놓기도 했지만 다른 사람에게는 하루 종일 뒷문을 드나들며 땀을 흘리기도 했다. 거절당한 사람들이 낫지 않아도 좋으니 침을 놓아 달라고 해도 한번 안 된다고 한 사람에게는 절대로 침을 들지 않았다.

어느 날은 밀짚모자를 쓴 스님이 매부를 찾아왔다. 두 사람은 합장으로 인사를 차렸다. 말은 많이 나누지 않았지만 서로 주고받는 눈길로 보아 처음 보는 사이가 아닌 게 분명했다. 스님은 왼쪽 팔꿈치에서부터 어깨까지 다섯 군데에 침을 맞고 나서며 주위 사람들에게 말했다.

"이분의 침은 의침(醫鍼)이 아니고 신침(神鍼)입니다. 신탁(神託)을 받아 시침하는 거지요. 의침과는 혈자리가 조금 다른 데도 있고 혈의 이름을 달리 부르기도 합니다. 신침은 시술자의 기가 딸리면 도저히 시술할 수가 없다고 합니다. 참 아까운 사람이에요. 공부로 치자면 따를 사람이 없고 내공 또한 깊이를 가늠할 수 없지만, 저 길이 당신께서 갈 길이라는 데야 누가 말리겠어요. 그리고 신침도 이분으로 해서 대가 끊길 겁니다."

선주 집 큰아들 병수의 간질병을 고친 것은 매부를 더욱 소문나게 했다. 돈이 있는 집안이라 큰 병원을 두루 찾아다녔으나 차도가 없어 집안에서도 포기한 그를 매부가 고친 것이었다. 매부의 치료 과정은 매우 엄격했다. 환자에게만 엄격한 것이 아니라 매부 자신에게도 엄격했다. 거의 석 달에 걸친 치료 기간 동안 매부는 환자와 숙식을 같이하면서 환자에게 고기 음식을 일절 먹지 못하게 했고, 매부 스스로도 먹지 않았다. 고기 음식

뿐만 아니었다. 김치에 국 한 그릇을 올린 하루 세끼의 끼니 외에는 그 어떤 것도 먹지 못하게 했다.

하루에 한 번씩 환자와 함께 뒷산 중턱의 너럭바위까지 오르는 일 외에는 일체의 문밖출입도 끊었다. 너럭바위까지 오르면서 병수는 몇 번이나 힘이 부쳐 주저앉았지만 매부는 날아가듯 했다. 너럭바위에 올라 앞을 바라보면 그야말로 일망무제였다. 산이 차츰 낮아지면서 아래 자락에는 관목 숲이 아기자기하게 들어앉아 논밭 뙈기와 어우러지고, 오른편으로는 바다가 한 열흘쯤 된 초승달 모양으로 육지를 파먹고 들어온 모래사장 뒤로 시골 갯마을 집들이 마치 공기놀이를 하는 아이들처럼 옹기종기 모여 있었다.

그 앞으로 수평선까지 이어진 먼 바다는 수묵 담채로 그려 낸 듯한 바위섬들을 수면 위로 띄워 올리고 있었다. 그랬다. 그건 분명 바다 위에 떠 있는 바윗덩어리였다. 해저에서부터 솟아올라온 바위섬이 아니라 바다의 그 도도한 위엄에 바위도 제 무게를 잃고 물 위에 둥둥 떠다니고 있는 것이었다. 매부는 병수와 나란히 멀리 바다를 바라보고 가만히 가부좌를 틀고 앉아 있곤 했다.

매부가 세수를 하는 뒷문 밖에는 조그만 상 위에 하얀 물 종지가 놓여 있었다. 매부는 세수를 하고 눈을 감은 채 두 손을 모으고 가만히 상 앞에 가부좌를 틀고 앉아 있곤 했다. 나는 그러고 있는 매부의 손이 무척 희고 곱다고 생각했다. 농어촌 마을에 그런 손을 가진 사람은 한 사람도 없었다.

그러나 매부는 곧 약을 짓고 침을 놓는 일을 할 수가 없게 되었다. 돌다리 위에서 놀다가 떨어져 기절을 한 꼬마에게 침을 놓다가 그 아이가 죽어 버린 것이었다. 그때도 매부는 아이의 명치를 짚어 보곤 안 된다고 했다. 그러나 꼬마의 아버지는 사색이 되어 애원했다.

"왜 안 된다는 말인가, 이 사람아. 그러지 말고 침을 놓아 주게."

"안 됩니다. 이 아이는 제가 살릴 수도 없고 살려서도 안 됩니다."

매부는 두고두고 이 말을 후회했다. 그냥 살릴 수 없다고만 해야 할 것을 곧이곧대로 말한 것이 돌이킬 수 없는 실수였다는 것이었다.

"아니, 살려서는 안 되다니! 세상에 살려서는 안 되는 아이가 따로 있나?"

꼬마의 아버지는 눈을 부라리며 매부에게 대들었다.

"안 됩니다. 제가 해서는 안 되는 일입니다."

"뭐라고 이놈아! 왜 살려서는 안 된다는 말이냐? 어서 살려. 그렇지 않으면 내 네놈을 죽여 버리고 말 테다."

꼬마의 아버지는 반쯤 미쳐 있었다. 매부는 하는 수 없이 침을 들었다. 침이 정수리를 뚫고 들어가자 아이의 입술이 한 번 파르르 떨렸다. 매부가 땀을 비 오듯 흘리며 침을 돌리다가 가만히 뽑아내자 아이는 그대로 숨을 거두어 버렸다. 난리가 날 것은 뻔한 일이었다. 아이의 부모는 죽일 놈, 살릴 놈 하면서 미쳐 날뛰었고 매부는 그날로 자취를 감추어 버렸다.

며칠 뒤 돌아온 매부의 얼굴은 산 사람의 얼굴이 아니었다. 옷을 갈기갈기 찢겨 있었고 얼굴과 손등은 온통 상처투성이에다 몰라보리만큼 수척해진 것이 마치 중병을 치르고 간신히 일어난 사람 같았다. 매부는 돌아오자마자 저고리를 벗어 던지고 상 위의 물을 갈아 놓았다. 그리고 손을 모으고 앉았다. 나는 그때 매부의 등에 찍힌 선명한 손자국을 보았다. 살짝 건드리기만 하면 금방 피가 터져 나올 듯이 벌겋게 부풀어 오른 손자국이었다. 시뻘건 손 하나가 그대로 매부의 등에 달라붙어 있는 것이었다. 대체 누가 어떻게 때렸기에 그렇게까지 부풀어 올랐는지 나는 알 수가 없었다. 선주 어른은 '영계에서 내린 벌이야' 하면서 혀를 끌끌 찼고 인근 무당들도 소문을 듣고 와 보고선 수군거렸다.

"토구름이야. 저렇게 심한 토구름이 내렸으면 풀리기는 틀렸어."

영계는 무엇이며 토구름은 또 무엇인지, 벌은 누가 내렸다는 것인지 나는 더욱 알 수 없었다.

매부는 밤낮없이 그렇게 앉아 있었다. 이따금 누나가 머리에서부터 찬물을 끼얹었다. 땅이 쩡쩡 울리도록 추운 겨울인데도 매부는 얼음덩이가되어 버린 것처럼 꼼짝 않고 앉아 있었다. 손자국은 열흘이 지나서도 사라지지 않았다. 누나가 생지황을 찧어 붙이려 했지만 매부는 몸을 흔들어 물리칠 뿐 한마디 말도 없었다.

매부가 바짝 마른 북어처럼 되어 일어선 것은 한참 뒤의 일이었지만, 매부는 그 뒤에도 자주 그렇게 앉아 애타게 발원하고 있었다. 사람들은 영험이 가시었다고 했다. 접신이 되지 않아 저렇게 애타게 부르고 있는 것이라고 했다.

매부의 얼굴에서 웃음이 피어난 것은 근 일 년이 지난 뒤의 일이었다. 그동안 매부가 쌓아 온 정진은 보통 사람으로서는 상상도 못 할 고행이었다. 매부는 상 앞에 엎디어 어린아이처럼 엉엉 울었다. 전신을 부르르 떨면서 눈물을 소낙비처럼 쏟아 냈다. 그러나 눈물을 흘리며 소리 내어 우는 매부의 얼굴은 이상하게도 기쁨에 넘쳐서 어쩔 줄을 모르는 표정으로 가득 차있었다. 나는 아직까지 그때 그 매부의 표정만큼 희열에 넘치는 인간의 표정을 본 일이 없다.

매부는 다시 약을 짓고 침질도 시작했다. 그동안 거들떠보지도 않던 큰형도 매부의 일을 거들기 시작했다. 형은 약재를 사 오는 일과 매부가 내어 주는 처방에 따라 약을 지어 봉지에 싸는 일을 했다.

매부는 약값은 조금씩 받았지만 침값은 받지 않았다. 형은 그러는 매부가 불만이었다. 이렇게 사람들이 많이 찾을 때 침값도 받고 약값도 좀 비싸게 받아서 큰돈을 벌 수가 있는데, 사람이 원체 세상 물정을 모르니 그런 생각을 못 한다는 것이었다. 또 약을 지으러 온 사람들이 방방이 기다리고 있는데 뭣 땜에 돈도 안 받는 침질로 쓸데없이 시간을 보내느냐는 것이었다.

"자네가 침값을 받지 않으니 공짜 손님만 늘어 가지고 약 손님이 그냥 돌아가지 않는가. 또 약값만 해도 그렇지. 어디에 이렇게 싼 약이 있어. 사실 재료값 빼고 나면 전혀 남는 게 없네. 그리고 허가 없이 의료 행위를 한다고 지서에서 여러 번 다녀갔네. 적당히 구슬려 보냈지만 그 사람들이 오면 그냥 가겠나? 이거 내가 할 짓이 아닐세."

그러나 큰형의 그 말은 사실이 아니었다. 지서에서 두어 번 다녀간 것은 사실이지만, 형이 그간에 상당한 돈을 모은 건 온 동네가 다 아는 사실이었다.

차는 어둠을 가르고 허옇게 드러누워 있는 고속도로를 느린 속도로 달렸다. 8시 50분. 넉넉잡아 한 시간 남짓 달리면 송천시에 닿는다. 거울 속의 할아버지는 예의 그 돌부처 같은 자세로 앉아 있었다. 어디서 본 사람임에는 틀림이 없다는 생각은 굳어지는데, 잡힐 듯 말 듯 하던 기억은 오히려 더욱 짙은 어둠 속으로 묻혀 버렸다. 나는 내 기억의 밭이랑을 샅샅이 뒤졌지만 도무지 떠올릴 수가 없었다. 나는 어느새 또 기억의 이랑을 뒤지는 작업에 빠져들고 있는 자신을 발견하고 고개를 좌우로 흔들어 버렸다.

매부가 포승에 두 손이 묶인 채 지서로 끌려간 것은 누나의 배가 북장구처럼 부어올라 만삭이 되었을 때였다. 시비에 걸려 업혀 온 배나무 집 아들을 침을 놓아 죽였다는 것이었다. 이곳 사람들은 바다 밑에 내려가서 해삼이나 전복 따위를 따 올리는 잠수부를 일본말로 모구리라고 했다. 또 모구리가 물속에서 일을 하다가 잠수병*으로 변을 당하는 것을 시비에 걸렸다고들 했다. 시비에 걸린 모구리는 죽기 일쑤였고 살아난다고 해도 성한 사람이 되지 못했다. 갯가에 위치한 이 지방에는 모구리 일을 하다가 죽거나 병신이 되는 사람이 많았다.

그날도 매부는 고개를 저었다. 전처럼 명치를 짚어 보고 거절하는 것도 아니고 아예 처음부터 침을 놓을 수 없다고 했다. 매부가 침질을 하지 않은 것은 누나가 아기를 배고 나서부터였다. 그때부터 매부는 약만 지었지 침질은 딱 끊었다. 아기를 낳을 때까지는 침질을 해서는 안 된다는 것이었다. 그러나 배나무 집 영감은 침을 놓아 달라고 애걸복걸이었다.

"이 사람아, 죽은 사람도 살린다는 자네가 아직 숨이 붙어 있는 걸 그냥 죽으라고 할 텐가."

"안 됩니다."

"이왕 죽는 놈이니 한번 놓아 보기나 해."

"안 된다니까요."

매부는 단호했다.

"에라이 이 더러운 놈! 돈깨나 있는 사람은 살려 주고 우리 같은 사람은 그냥 죽으라는 거냐?"

"그게 아닙니다. 제가 작년에도….."

"시끄럽다, 이놈아! 내 전답을 팔아서라도 침값은 달라는 대로 다 줄 테니 어서 침을 들어."

배나무 집 영감은 눈이 뒤집혀 있었다.

"안 됩니다. 못 합니다. 전 못 합니다."

매부도 언성을 높이며 완강히 거절했다. 배나무 집 영감은 밖으로 뛰쳐나가 도끼를 집어 들고 들어왔다. 그리고는 매부를 내려다보고 치켜들었다.

"어서 침을 들어. 안 들면 내 이 도끼로 네놈의 골통을 찍어 버리고 말겠다. 어서 들어, 어서!"

매부의 얼굴은 백지장이 되어 가고 있었다. 미쳐 날뛰는 배나무 집 영감을 어느 누구도 말리려 들지 못했다.

그러고도 한참을 버티던 매부는 모든 것을 체념한 듯 침을 들었다. 매부는 겁에 질린 아이처럼 떨고 있었다. 떨고 있는 것은 머리를 겨냥하고 있는 도끼 때문만은 아닌 것 같았다. 매부는 모구리의 명치 밑을 한참 더듬어 가다가 어떤 비장한 각오라도 한 듯 입을 꾹 다물고 침을 찔러 넣었다. 순간 모구리의 몸이 한 번 꿈틀했다. 매부는 쉬 침을 뽑지 않았다. 침을 잡은 손이 사시나무처럼 떨렸다. 눈이 벌겋게 충혈되고 온 얼굴에 격렬한 경련이 일어나더니 금방 땀을 죽죽 흘리기 시작했다. 나는 사람의 몸에서 그렇게 많은 땀이 흐르는 것을 본 적이 없었다. 온몸의 물기란 물기는 모조리 짜내고 있었다.

한참을 침을 잡고 씨름을 하던 매부가 앞으로 폭 고꾸라진 것과 모구리가 어깨를 한 번 들썩하고는 그대로 축 늘어져 버린 것은 동시에 일어난 일이었다.

매부는 몸도 제대로 가누지 못한 채 지서로 끌려갔다. 그 뒤로 매부를 본 사람은 아무도 없었다. 재판을 받기도 전에 기진을 해서 죽었다는 둥, 교도소로 가서 죽었다는 둥, 별의별 소문이 다 나돌았지만 어느 것도 확실한 것은 아니었다. 다만 한 가지 죽었다는 말만은 소문마다 붙어 다녔다.

매부가 끌려간 지 이레 만에 누나는 아기를 낳다가 죽었다. 매부가 끌려간 뒤로 식음을 전폐하다시피 하여 이레를 보낸 누나는 핏덩이를 낳아 놓고서는 짚불 사그라지듯 숨을 거두어 버렸다.

참으로 모질고 질긴 것이 목숨이었다. 대나무에 창호지를 발라 놓은 것처럼 말라비틀어진 그 핏덩이가 죽지 않고 살아난 것이었다. 돈깨나 모은 큰형 내외는 동네 사람들의 눈 때문에 마지못해 그것을 키웠다. 그 말라비틀어진 생명도 제가 설움둥이인 줄을 알기라도 하듯 보채거나 울지도 않았다. 하긴 보채고 울 기력조차 없었을 것이다. 내어 준 목숨이 끊어지지 않고 있으니 본능이 시키는 대로 암죽을 몇 번씩 받아먹었는지도 모른다.

나는 고속도로를 빠져나와 송천시로 차를 몰았다. 거울 속의 둥근 벽은 막혀 버린 내 기억의 통로를 비웃기라도 하듯, 아니면 공연히 허상을 좇아 쩔쩔매고 있는 내 의식과 숨바꼭질이라도 하듯 나를 더욱 혼란스럽게 만들고 있었다. 나는 할아버지의 얼굴로부터 그 검은 벽을 뜯어내고 싶은 충동을 간신히 억제하고 있었다.

녀석은 초등학교를 졸업하고 재작년에 나를 따라 송천으로 올라올 때까지 꼬박 다섯 해를 큰형네 집에서 머슴살이나 다름없는 삶을 살았다. 초등학교 때는 인근에 소문이 날 만큼 공부도 썩 잘했지만 도무지 남과 어울리는 일이 없이 혼자서만 시간을 보내곤 했다. 그러다가는 또 장독을 깨뜨린다든지, 독사에 물린다든지 하는 일들을 끊임없이 만들어 내곤 했다. 사람들이 일부러 말을 시켜 봐도 못 들은 척하기가 일쑤였고 고작 한다는 게 눈짓이나 손짓 정도였다. 녀석의 이런 버릇은 성년이 되어서도 고쳐지지 않았다. 내가 세 들어 있는 2층의 방 한 칸과 걸어서 십여 분 거리밖에 안 되는 조그만 철구공장, 그리고 그 사이를 오가는 길, 이것이 녀석의 생활환경의 전부였다. 먹고 자고 공장에 나가 일하는 것 외에 녀석이 하는 일이란 책을 읽는 것뿐이었다. 책을 바꾸러 오는 녀석에게 그 책이 재미있더냐고 짐짓 물어봐도 빙그레 웃을 뿐 통 말이 없었다. 아내는 녀석의 봉급은 통째로 통장에 넣어 버리고 용돈은 따로 조금씩 마련해 주었지만 녀석은 그것도 쓸데가 없는 모양이었다. 어쩌다 영화 구경이라도 같이 가자고 해도 굳이 혼자 남아 집을 지켰다. 그러던 녀석이 갑자기 눈이 잘 보이지 않아

책을 읽을 수 없다고 했다. 며칠 지나서는 구역질이 나고 머리가 아프다며 드러눕더니 결국 이 지경이 되어 버린 것이다.

녀석이 부모로부터 받은 것이란 단지 목숨 하나뿐이다. 젖 한 모금 빨아 보지 못하고 세상 어느 곳에 발을 딛기조차 민망스럽게 살다가 이제 눈에 보이지도 않는 먼지가 되어 날아가 버리려는 것이다. 녀석이 부모로부터 받은 것이 하나 더 있다면 연후(緣厚)라는 이름이다. 매부가 지서로 끌려 갈 때 남기고 간 것이다.

"아들을 낳을 것이니…."

매부는 관자놀이를 부르르 떨며 이 한마디와 함께 붓글씨로 '緣厚'라고 쓴 한지 한 조각을 누나에게 건네주었다.

차는 강변도로를 달렸다. 강은 온통 눈으로 하얗게 덮여 있었다. 송천시 의 야경이 가까이 다가왔다. 실내 경을 안방처럼 독차지하고 있던 할아버 지도 처음으로 어깨를 한 번 추슬렀다. 차가 서서히 속력을 낮추다가 신호 등 앞에 멈추자 몸이 앞으로 쏠렸다가 다시 등받이에 부딪혔다. 할아버지 의 안경이 콧등으로 살짝 내려오는가 싶더니 관자놀이가 파르르 떨렸다.

나는 하마터면 악 하고 소리를 지르면서 운전석에서 뛰어오를 뻔했다.

'매부다!'

거울 속의 둥근 벽이 요란스럽게 부서져 내렸다. 온 얼굴을 덮고 있던 흰 수염이 우수수 떨어져 내렸다.

'저 얼굴, 틀림없는 매부다!'

나는 가슴을 죄어 오는 충격을 억누를 수가 없었다.

"할아버지, 차를 어디다 댈까요?"

"나는 시외버스터미널로 가면 되오만…."

터미널에 차를 세운 것은 열시가 조금 넘어서였다. 나는 터미널까지 어

떻게 차를 몰고 왔는지도 모를 지경이었다. 재빨리 가방을 챙겨 들고 나와
서 할아버지를 붙들었다.

"저어, 할아버지 저하고 잠깐 이야기를 좀 하실 수 있을까요?"

"이야기? 그러지요."

할아버지는 느껴질 듯 말 듯 한 미소를 머금고 있었다.

"제가 사는 집이 멀지 않은데 웬만하면 저희 집으로…."

"밤늦은 시간에 남의 집에야 갈 수 있겠소. 나는 이 근방에다 여관이라도
잡아야 할 판인데, 괜찮다면 그리로 가는 게 어떻겠소."

꼭 하마처럼 생긴 여관 아줌마는 내가 시킨 소주 두 병과 땅콩 부스러기
를 내려놓고 나갔다.

"할아버지, 제가 좀 급한 일이 있어 그러는데요."

나는 무슨 이야기부터 해야 좋을지 몰라 더듬거리고 있었다.

"급할 것 없네. 연후는 오늘 저녁에는 안 죽네."

나는 눈이 휘둥그레졌다.

"아니 그걸 어떻게…? 매부! 매부가 틀림없죠. 할아버지는 매부죠?"

나는 할아버지의 손을 덥석 잡았다. 할아버지는 나에게 두 손을 빼앗긴
채 예의 그 가느다란 미소만 머금고 있었다.

"연후가 지난달에 갑자기…."

나는 무엇을 어떻게 이야기해야 할지, 무엇부터 물어봐야 할지 몰라 계
속 더듬거리고 있었다.

"그간의 일은 이야기하지 않아도 내 알 만큼 알고 있네. 그러나저러나 자
네가 이 무슨 고생인가. 내 그놈의 시신이라도 거두어 가려고 왔어."

"병원에 더 두어 보고도 싶었지만 도저히 가망이 없다고 해서 퇴원을 시
켰습니다. 악성 뇌암이라는 겁니다."

"그놈은 죽을 놈이야. 세상에 나오자마자 죽었을 놈인데 제 어미 목숨을 빼앗아 여태껏 살아온 게지. 이젠 제 어미 목숨도 다됐어. 무슨 일이든 억지론 안 돼. 남의 목숨으로 이어 온 놈의 삶이란 죽음만도 못할 수밖에. 흐트러진 질서를 바로잡아 가려는 이 거대한 우주의 복원 운동 앞에 벌거벗은 채로 맞서 온 그 질기고 모진 세월은 또 어떻고⋯."

"매부, 매부는 대체 지금까지 어디 계시다가 이렇게 나타나셨어요?"

"그게 그렇게 궁금한가? 그건 그렇고 자넨 어릴 때부터 항상 우리 식구들에게 고마운 사람이었지. 나야 정처 없이 떠도는 인생이지만 혹시 연이 닿으면 연락할 일이 있을지도 모를 일이지. 그러니 명함이나 한 장 주게나."

나는 명함 한 장을 꺼내 놓고는 다시 물었다.

"연후를 한번 보셔야죠."

그러나 매부는 계속 딴청만 부리고 있었다.

"자네 전산 전문가지. 내 그래서 얘긴데, 전산에만 프로그램이 있는 게 아닐세. 세상 모든 일이 프로그램에 따라 움직이는 거야. 흔히들 쉬운 말로 세상 질서라고 하는데, 그게 바로 프로그램이야. 그런데 프로그램에 벗어난 짓을 하면 여러 사람에게 신세를 지게 되지. 자네 삼천갑자 동방삭이 얘기 들어 봤겠지. 삼년고개에서 육만 번이나 굴러서 수명을 삼천갑자, 그러니까 십팔만 년이나 늘려 살고자 했던 동방삭이. 사람이란 칠팔십 년 살다가 죽어야 하는 건데, 일이백 년도 아니고 십팔만 년을 살겠다니 세상 질서에 정면으로 대항한 셈이지. 자네들 같은 전산 전문가들 입장에서 보면 이런 사람이 바이러스가 아니겠나. 염라대왕이 저승사자에게 여러 가지 백신을 들려 보내 잡아 오라고 했지만 온갖 백신이 무효였지. 찾아지질 않는 거야. 그래서 마지막으로 사용한 백신에 동방삭이가 잡혔어."

나는 매부가 무슨 소리를 하는지 알 수가 없었고 매부는 소주를 한 잔 비우고는 말을 이어 나갔다.

"그 마지막 백신 프로그램이 뭔지 아나? 백탄이라는 거야."

"백탄요?"

나는 이때까지 백탄이라는 백신이 있다는 말을 들어 보지 못했다.

"그래 백탄이지. 백탄이라면 참나무 숯이야. 글자 그대로 하면 흰 숯인데, 참숯 빛깔이 좀 희끄무레하긴 하지만 숯이 희면 얼마나 희겠나."

"그래서 백탄이 어쨌다는 겁니까?"

"저승사자가 백탄을 갖고 와서 동방삭이가 숨어 있을 만한 데를 찾아가 냇물에 그걸 씻고 있었지. 냇물에 검댕 물을 풀어내면서 하염없이 숯을 씻고 있는데, 동방삭이가 거기를 지나다가 하도 이상해서 물어보았던 거야. '여보시오. 당신 거기서 무얼 그리 씻고 있소.' '보시다시피 백탄이외다. 백탄이라지만 사실은 검정색 아니오. 그래서 이름대로 흰빛이 돌아 백탄이 될 때까지 씻고 있소이다.' 했던 거야. 동방삭이가 하도 기가 막혀 그만 실수를 했지. '예끼 여보슈! 내 삼천갑자를 살고 있소만 숯을 씻어서 백탄 만든단 말은 처음 듣겠소.' 했다는 거야. 그래서 그 바이러스는 잡혔지."

매부는 황당무계하기 짝이 없는 이야기를 늘어놓고 있었다.

"그래서 백탄이 백신 프로그램이라는 겁니까?"

"쉽게 납득할 수가 없겠지. 이 세상에 와서 살고 있는 모든 사람들은 이 우주의 질서를 관장하는 절대자가 보낸 하나하나의 프로그램들이야. 이 프로그램들은 모두 천상의 호스트컴퓨터에 연결돼 있지. 그러나 간혹 숲속의 정령들이나 지하의 악령들도 세상에 제 영토를 두려고 해. 천상에서 보자면 해커들이지. 세상엔 이들이 보낸 프로그램도 섞여 있어. 그들은 그들대로 별도의 호스트에 연결돼 있지. 천상의 호스트와는 명령체계가 다르므로 바이러스로 취급될 수밖에 없는 운명들이지. 이들은 끊임없이 천상의 호스트로 끼어들어 프로그램을 망쳐 놓으려 하는 거야. 물론 이 싸움에서 해커들이 이길 수는 없지만, 그렇다고 그들을 송두리째 뿌리 뽑기도 어려운 일이야."

나는 술기가 오르기 시작했다. 갑자기 얼굴에 열이 오르면서 졸음이 퍼붓기 시작했다. 할 말도 많고 물어볼 말도 태산 같은데 몰려오는 잠을 뿌리칠 수가 없었다. 나는 깊이를 헤아릴 수 없는 수렁 속으로 한없이 빠져들어갔고 매부의 이야기는 가물가물 멀어져 갔다.

"자네 지금 회사에서 해킹 때문에 무척 골치가 아프겠지. 내 말 똑똑히 듣게. 백탄 백신이면 해결될 일이야. 색조 회로 프로그램에서 'B'를 모두 'W'로 바꾸라고 명령을 줘 봐. 문제는 색조인데 모든 색조의 기본은 블랙이야. 이걸 거꾸로 화이트로 전환시켜 보면 그다음엔 모든 것이 눈에 보일 거야. 프로그램 말미에 접속된 단말도 확인할 수 있을 거야."

나는 가물가물해지는 의식을 간신히 붙들고 매부의 이야기를 꿈결로 듣고 있었다.

내가 심한 갈증으로 눈을 떴을 때는 새벽 여섯 시가 넘어서였다. 몸을 일으켜 사방을 둘러보다가 나는 그만 어리둥절해졌다.

"왜 좀 더 자지 않고 일어나세요?"

아내는 물을 따라 주며 잠이 모자라 죽겠다는 표정이었다.

"내가 왜 여기 있어?"

"왜 여기 있다뇨?"

아내는 내가 꿈을 꾸다가 일어난 줄 아는 모양이었다.

"언제 내가 집에 왔어?"

"엊저녁에 오셨잖아요. 할아버지랑."

"할아버지? 언제쯤?"

"아니, 이이가 점점…. 열두 시가 넘어서 들어오셨잖아요. 매부라고 그러면서 연후 방에서 주무시라고 그래 놓고선."

나는 귀신에 홀린 것만 같았다. 분명히 여관에서 잠이 들었는데 집에 와 있다니, 뭐가 어떻게 된 건지 통 알 수가 없었다.

"그래 매부는 어디 있어?"

"연후 방에서 주무신다니까요?"

나는 연후 방으로 건너갔다. 그런데 이게 웬일인가? 오늘을 넘기기가 어려울 것이라던 녀석이 넋이 나간 모습으로 벽에 기대앉아 있는 게 아닌가.

"얘, 연후야. 너 어떻게 된 거냐?"

그러나 녀석은 특유의 무표정한 얼굴로 멍하니 앉아 있을 뿐이었다.

"야, 인마! 이럴 땐 말 좀 해!"

나는 버럭 고함을 질렀다.

"이 방에 다른 사람은 없었어?"

녀석은 간신히 눈만 멀뚱거리고 있었다. 뒤따라 들어온 아내도 멍해져 있었다. 얼핏 뇌리를 스치는 것이 있었다.

"너 머리 이리 좀 내 봐."

내 짐작이 맞았다. 녀석의 정수리에는 침이 뚫고 들어간 자리에 뜸을 뜬 흔적이 불에 탄 머리카락으로 선명하게 남아 있었다.

형사가 내 명함을 들고 찾아와 여관까지 동행할 것을 요구한 것은 조금 뒤의 일이었다. 여관 앞에는 경찰차가 서 있었고, 내가 매부와 함께 들었던 방에는 형사들이 보물찾기라도 하듯 온 방을 샅샅이 뒤지고 있었다.

매부는 방 한가운데 저고리를 벗고 엎드린 채로 피를 토하고 죽어 있었다. 나는 매부의 등을 보고 다시 한번 소스라치게 놀랐다. 손자국, 금방 피가 흐를 듯한 손바닥 하나가 벌겋게 부풀어 올라 매부의 등짝에 달라붙어 있었다.

그렇다. 매부는 해커였다. 그리고 연후는 매부가 만든 바이러스였다. 큰어머니, 누나, 매부, 연후 이 모두가 해커 가장에 딸린 바이러스 가족이었다. 들어설 자리가 없는 바이러스는 이리저리 남의 프로그램에 붙어 다니면서 노략질이나 할 수밖에. 그러나 이 우주의 호스트컴퓨터는 이들을 그냥 두려 하지 않았다. 그래서 연후는 끊임없는 재앙 속에서 아슬아슬하게 목숨을 지탱해 왔다. 해커는 자기가 만든 바이러스를 살려 놓고 고단위 백신에 맞서다가 대신 죽었다. 겨우 살아남은 저 바이러스를 찾아서 또 얼마나 많은 백신 프로그램들이 나타날는지.

"당신 어제 이 방에서 잤죠?"

형사가 물었다.

"네."

간단히 대답했다.

"몇 시에 이 방을 나갔지요?"

"글쎄, 그걸 모르겠습니다. 나는 이 방을 나간 기억이 없습니다."

형사는 험상궂은 표정으로 나를 쏘아보았다.

"당신 서에까지 같이 좀 갑시다."

나는 망연자실해졌다. 그러나 아무리 생각해도 내가 이 방을 나선 기억을 떠올릴 수가 없었다. 카오스에서 코스모스로 타전되어 온 토구름이라는 이 엄연한 해커의 실존을 설명할 엄두는 더더욱 나지 않았다.

* 잠수병: 혈액 속에 들어 있던 질소가 기포화함으로써 일어나는 가스색전증. 잠수부와 같이 바닷속 따위의 고압 환경에 있던 사람이 물 위나 땅 위로 갑자기 되돌아왔을 때에 생긴다. 관절통, 근육통, 내출혈, 운동 지각 장애 따위의 증상이 나타난다.

뒷이야기

강 희 근

강희근

1943. 3. 1. 경상남도 산청.

경상대학교(명예교수), 국제펜클럽 한국본부(부이사장).

수상: 2013년 제9회 김삿갓문학상, 2012년 제1회 산청 함양 인권문학상

경상대학교와 전원문학회 그 언저리 그 얼굴들

강희근

(시인, 경상대 시절 전원 지도교수)

1.

필자는 종합대학 경상대학교에 1976년 이래 시간강사, 1978년 이후 전임(전임강사, 조교수, 부교수, 교수)을 맡았던 사람으로 정확히 말하면 그 언저리 이전부터 갑자기 확대일로에 있던 국립 경상대의 이름 아래 국록을 먹고 살았다.

대학은 진주농대—복합대 경상대—종합대 경상대학교—경상국립대학교로 발전한 지금은 글로컬 대학 국립 거점대학이다. 그러니까 필자는 '복합 대학 경상대'와 종합 국립 거점대 경상대학교에 봉직했다. '전원(田園)'은 그곳에 학생 동아리 활동 가운데 문학병을 앓던 학생들의 아지트였다. 필자가 교수로 들어오니 사대 과학교육과 물리 전공 교수로 있던 김인호(시인, 수필가, 아동문학가) 교수가 지도교수로 있었고, 이때 그는 진주문인협회원으로서 알고 지내는 사이였다. 대뜸 그는 필자에게 '전원'을 맡으라고 사령장 없는 구두 사령장을 던져 주었다.

필자는 그러기 전부터 재학생 그룹들 C 씨(농대), H 씨(외국어교육과), W 씨(농대), K 씨(농대) 등과 교류를 터고 있었다. 이들은 술에 관해서는 필자보다 선배였다. 이들은 술이 좋은지, 문학이 좋은지 도무지 청춘의 이름으로 젊고 팔팔했다. 이때 그들은 술이 되어 진양교를 건너갈라치면 칠암동 강가에 있던 파성 설창수 선생 댁을 호명했다. "어이 설파성"이라든가 "아하 설파성"이라든가 듣든지 말든지 소리치고 가가대소 지나갔다. 그리고 시조 시인 리명길(후에 법정대학장)은 강골 교수여서 술 없이는 이들의 상대가 아니었다. 그런데 금성초등학교 옆길에 있던 일신산부인과(사모님의 병원)를 평소 염탐해 놓고는 거나한 이들은 병원 통유리 한쪽을 침범하였다. 그런 뒤 이들은 유유히 필자의 집을 공략해 왔다. 어느 날 밤이었다. 11시가 넘어설 시간, 이 시간이 그들의 임계점일까, 이때의 망경북동 한 가난한 집 철문에 대해서는 이야기를 줄인다. (……) 이 그룹은 당시로서는 문청 가운데 'K—문청'이거나 귀여움받는 '아이돌' 격이었다.

그 이후 지금까지 문청으로는 진주 인근에서 이만한 실적을 내는 그룹은 나오지 않았다.

그렇더라도 발령장 없는 사령장이라니, 김인호 교수는 그 사정에 대해서는 잘 모르시는 것 같았다.

2.

《말꽃》 1집(2015년) 명단을 보면 김호길, 리영성이 보이는데 김호길은 필자의 고등학교 동기이고 리영성은 고등학교 두 해 아래인데 물론 두 시조 작가는 필자가 지도교수 할 때는 전원 선배로 도움을 주고 있었다. 도움은 따뜻한 말로부터 동인 의식에 있어서는 비동인과는 구별되는 전원 DNA가 있어 보였다. 일찍이 김호길은 대한항공 조종사, 미주문인협회 등에서 국제적으로 문명을 내고 있었고 개천예술제 장원 출신 리영성은 고등학교 영어 교사로 선후배 챙기기가 유별났다. 이들이 말하는 전원 창립기의 멤버는 필자의 귀에 익숙하지 않은 이름들로 그들에게는 늘 존경의 대상이었다.

　필자가 지도교수 시절 동인지는 '객토'로 나오기도 하고 '전원', '경상문학' 등으로 나오기도 했으나 구체적인 지도 내용에 대해서는 기억이 잘 떠오르지를 않는다. 그만큼 지도의 자생력이 생겨나지 않았기 때문이었을 것이다. 이미 졸업해 나간 멤버로 박노정, 박구경, 구자운, 최인호, 허재근, 우재욱 등이 있었고 기억나는 재학생 멤버로는 이강제, 설학줄, 정봉효, 양곡, 양용직, 문차용, 김상출, 정준규, 이문섭, 김재경, 손국복, 류준열, 조구호 등이 있었다. 이강제는 리더십이 있어 주변을 아우르는 힘이 있었고, 설학줄은 국어과 재학생으로 개천예술제에 나가 장원을 차지하여 현역이 적은 지역에서 기대가 컸었다. 그 무렵 정봉효나 양곡이나 양용직, 이문섭 등은 개별적으로 필자의 연구실을 드나들었다. 양곡은 본명이 양일동으로 통일당 당수와 이름이 같아서 그때부터 양곡이라는 필명을 쓰기로 했다. 그는 필자가 시집《사랑제》를 내고 그 후속 시집의 이름을 붙일 때《사랑제 이후》라 하면 좋겠다는 의견을 제시했다. 결국 그가 제시한 그 이름이 시집 제목이 되어 그는 필자의 시 한 난류 흐름 한 모퉁이에서 함께 유영을 한 것이 되었다. 그는 농대를 다닌 뒤 사회대학으로 전과하여 재학 기간이 길어 자연 교감의 폭도 넓었다. 사회에 나와《개천예술제 60년사》책임 집필을 할 때 그는 발 빠른 간사로 일을 같이해 주었다.

　《말꽃》1집에는 필자가 잘 모르는 멤버들이 보인다. 문인으로는 아는 사람이지만 이 자리에서는 낯설다. 김기원 시인이 그 예이다. 김기원 시인의 경우 마지막 대학 통합으로 명예교수가 되듯 전원 멤버가 된 것이 아닌가 한다. 통영의 해양대학 출신 수필가가 많은데 이 경우도 합류의 명분은 있다.

3.

　동인 이후 현역 문인으로 교감하고 활동한 이들로는 최인호(한겨레신문), 박노정(진주문협회장), 양곡(산청문협회장,) 정준규(미네르바 출신), 박구경(사천 보건진료소), 양용직(경기권 교사), 손국복(합천문협회장, 교육장), 류준열(천상병문학제 위원장, 단성중 교장), 이강제(도시미래 연구원), 이문섭(국민연금), 김상출(경북권 교사), 조구호(남명학 연구원 사무국장, 평론가) 등이 있다. 그중 최인호의 경우 동국대 대학원 진학, 한글학회 근무에 이은 한겨레신문 재직 시까지 늘 교감의 끈을 놓지 않았다. 그가 한글학회에 있을 때 필자의 《우리 시 짓는 法》이 발간되어 한글 전용 저서에 주는 한글학회 감사패 전달 불발에 관한 애석함을 후일담으로 전해 준 일이 있다. 책 이름에 法이 들어가서 한글 전용을 하고서도 감사패를 못 받았다는 것이었다. 필자는 잠시 억울했다. 출판사가 아직 한글 전용 의식이 약해 저자의 《우리 시 짓는 法》이 허전하다고 法자를 살짝 집어넣었기 때문이었다. 그러나 이 저서는 필자의 교수 실적에서 언제나 앞자리 차지하는 간판 저술이었다.

　최인호 시인은 그 이후 필자가 《산청함양사건의 전말과 명예회복》을 출간하자 한겨레 신문사에 근무하고 있으면서 직접 진주로 와서 취재하여 한겨레신문에 대문짝만한 사진과 기사를 작성 보도해 주었다. 필자는 이때 산청함양사건 유족회로부터 1천만 원 고료를 받은 터였으므로 저서의 감정평가가 기다리고 있었다. 이때 한겨레신문의 금쪽같은 보도는 평가를 초월하는 시대 역사의 산물로 자리매김되었다. 그 최인호 시인이 시문학 출신 '전원' 동인이 아닌가. 필자에게는 그래서 '전원'이 '전원'이다.

4.

《말꽃》1집에서 필자는 우재욱 시인 편을 읽으면서 '전원'의 한 풍경을 대표적으로 바라보고 있다. 그는 자신을 다음과 같이 소개한다.

"농과대학을 나와서 시를 썼다. 축산학과를 나와서 대기업 홍보부
장이 되었고 계열사 이사보로 일했다. 월급쟁이 주제에 문학도 아
닌 어학 공부에 매달렸다. 그래서 나는 언제나 아웃사이더였다.
이웃사이더는 핵심에 머물지 못하고 주변만 맴돌아야 한다. 인사
이더는 구심점에서 강력한 흡인력을 발휘하지만 이웃사이더는 원
심력으로 늘 어디론가 떨어져 나가고자 한다.
이제 와 생각해 보니 그것도 그런 대로 괜찮은 삶이었다. 현실적 목
마름은 늘 있었지만 아웃사이더였기에 누리는 관대함에 파묻힐 수
있었다. 위선을 걸칠 필요도 없었고 줄의 마지막에 서 있어도 스스
로 만족하는 방법을 익힐 수 있었다.
그러나 그런 삶 속에서도 세월은 흘렀다. 주위를 둘러보니 응석을
부릴 데가 없어졌다. 파성의 굵은 목소리도 들리지 않고 기리(이명
길)의 웃음소리도 환청으로만 들려온다. 서울 동국대 입구를 차를
타고 지나는데 '전원'이란 상호의 주점이 눈에 들어왔다. '전원'이
란 보통명사일 테지만 내 가슴에는 고유명사로 자리하고 있다. 며
칠 뒤 거길 찾아갔다. 혼자 앉아 소주 두 병을 마셨다. 그런데 그 엉
뚱한 것이 즐거웠다. 누가 알까 이 마음을."

우재욱은 축산학과를 다니며 시를 썼고 대기업 홍보부장을 하고 어학에
빠진, 아웃사이더 자리를 맴돌았다고 술회한다. 따져 보면 불행일 것 같기

도 하지만 인간은 어차피 소외와 나머지(잉여)와 부조리의 터널을 지나는 존재, 그 존재를 진짜 존재답게 산 것으로 읽을 수 있다. 마지막 대목에서 주점 '전원'에서 소주 두 병을 마신다. 필자도 소리 소문 없이 그 곁에 가서 주량 두 잔을 채우고 싶어졌다. 누가 시를 더 잘 쓸 수 있을까? 대답할 일은 아니다. 필자는 이 우 시인이 출몰하는 서울의 어떤 지점에 대해 풍문으로 들었다. 누군가도 필자의 지점을 풍문으로 들을 것이다.

5.

박노정은 《말꽃》 1집에서 가장 인상적인 〈자화상〉 연작을 내놓고 있다.

　최고만이 미덕인 세상에서
　떠돌이 백수건달로
　세상은 견뎌볼 만하다고
　그럭저럭 살아볼 만하다고
　성공만이 미덕인 세상에서
　끝도 시작도 없이
　가랑잎처럼 정처 없이
　다만 가물거리는 것들과 함께

　　　　—〈자화상1〉 전문

　인용 시는 아마도 박 시인의 대표작으로 알려지고 있다. 인생은 어차피 떠돌이, 백수건달로 사는 것처럼 명함 없이 살아가지만 가랑잎처럼 정처

없이 '가물거리는 것들과 함께' 존재의 양식에서 위의를 가지는 별 볼 일 없
는 부침하는 이웃들과 더불어 산다는 것이 착하고 거룩한 삶이다. 지나 놓
고 보면 그가 살았을 적에 정의와 불칼과 민중적 사고로 후배들을 다독거
리며 살았던 것이 눈에 밟힌다. 그를 두고 고흥 출신 서정 시인 송수권은
"진주의 大德"이라 했다.

　그는 제 그릇의 시를 넘치지도 모자라지도 않게 적었다. '전원'에서 길
어 올린 정신이요 미학이다. 필자는 한때 그의 시인 됨을 월간《현대시》에
〈이 시인이 사는 방식〉이라는 주제로 스케치한 바 있다.

편집을 마치고

"글쎄, 무슨 의미가 있을까……."

첫 번째 책이 나온 후 무려 팔 년 여가 지나 두 번째 꾸러미를 엮어 내기 위해서 원고를 모으고 교정을 보고 잔손질을 마다하지 않으면서도 끊임없이 머릿속에 남아 있는 스스로의 의문이었다. 그런 의문에 대한 답을 찾지 못하면서 책이 제 모습을 갖출 즈음 얻은 나름의 답은…… '그리움'이었다. '그리움…….' 청춘에 대한 그리움, 그곳에 대한 그리움, 그 시절에 대한 그리움이었다.

복사기라는 신기술이 막 나왔던 그때 복사비가 비싸서 가리방 위에 한 자 한 자 철필로 긁고 로울러를 굴려 찍어 낸 한 편의 시를 두고 우리는 강의실이 어둑어둑할 때까지 합평을 했다. 그리고는 저마다의 주머니를 털어 학교 앞 칠성 집에서 노가리를 뼈째 씹어 가면서 주전자 막걸리를 마셨다. 때로는 진주교를 건너 시내의 신라 집, 화랑 집을 전전하던 귀때기 새파랗던 시절, 1970년대와 1980년대가 완강하게 맞부딪히던 그 격동의 시간을 그리워하지 않을 수 없었다. 그리고는 세월이 흘러 누구는 시인, 작가가 되고, 취직을 하고, 또 누구는 사업가 돼서 많은 돈을 벌었다. 그리고 대부분은 꿈을 잃은 채 은퇴를 했다. 그러나 누구도 전원(田園)을 잊지 못했다. 지금도 서울 어딘가에서 또 저 멀리 멕시코에서 전원과 함께 잔을 기울이고 있을지도 모른다.

zoopung 〈zoopung@naver.com〉

말꽃 2집

ⓒ 전원문학회, 2023

초판 1쇄 발행 2023년 11월 15일

지은이   전원문학회
펴낸이   이기봉
편집   좋은땅 편집팀
펴낸곳   도서출판 좋은땅
주소   서울특별시 마포구 양화로12길 26 지월드빌딩 (서교동 395-7)
전화   02)374-8616~7
팩스   02)374-8614
이메일   gworldbook@naver.com
홈페이지 www.g-world.co.kr

ISBN   979-11-388-2479-8 (03810)
ISSN   3022-1951